CLASSIQUES POPULAIRES

Edités par

LECÈNE, OUDIN & Cie

CERVAИTÈS

LUCIEN BIART

PARIS, 17, RUE BONAPARTE.

COLLECTION DES CLASSIQUES POPULAIRE

CERVANTÈS

EN VENTE DANS CETTE COLLECTION

Prix de chaque volume, broché. . . . **1 50**
— — *cart. souple, tr. rouges.* **2 50**

Chaque volume contient de nombreuses illustrations

HOMÈRE, par A. COUAT, Recteur de l'Académie de Lille, 1 vol.

VIRGILE, par A. COLLIGNON, professeur de rhétorique au Lycée de Nancy, 1 vol.

DÉMOSTHÈNE, par H. OUVRÉ, agrégé des lettres, maître de conférences à la Faculté des Lettres de Bordeaux, 1 vol.

CICÉRON, par M. PELLISSON, agrégé des lettres, inspecteur d'Académie, 1 vol.

PLUTARQUE, par J. DE CROZALS, professeur d'histoire à la Faculté des Lettres de Grenoble, 1 vol.

LES CHRONIQUEURS, par A. DEBIDOUR, doyen de la Faculté des Lettres de Nancy.

PREMIÈRE SÉRIE : *Villehardouin ; — Joinville,* 1 vol.
DEUXIÈME SÉRIE : *Froissart ; — Commines,* 1 vol.

LA FONTAINE, par ÉMILE FAGUET, docteur ès lettres, professeur de rhétorique au Lycée Janson-de-Sailly, 1 vol.

CORNEILLE, par LE MÊME, 1 vol.

Mme DE SÉVIGNÉ, par R. VALLERY-RADOT, lauréat de l'Académie française, 1 vol.

MOLIÈRE, par HIPPOLYTE DURAND, agrégé des lettres, inspecteur général honoraire de l'Instruction publique, 1 vol.

FÉNELON, par G. BIZOS, doyen de la Faculté des Lettres d'Aix, 1 vol.

MONTESQUIEU, par EDGAR ZÉVORT, recteur de l'Académie de Caen, 1 vol.

J.-J. ROUSSEAU, par L. DUCROS, professeur de littérature française à la Faculté des Lettres de Poitiers, 1 vol.

BUFFON, par H. LEBASTEUR, agrégé des lettres, professeur de rhétorique au Lycée de Chambéry, 1 vol.

FLORIAN, par LÉO CLARETIE, agrégé des lettres, 1 vol.

VICTOR HUGO, par ERNEST DUPUY, inspecteur de l'Académie de Paris, 1 vol.

MICHELET, par F. CORRÉARD, professeur agrégé d'histoire au Lycée Charlemagne, 1 vol.

SHAKESPEARE, par JAMES DARMESTETER, professeur au Collège de France, 1 vol.

GŒTHE, par FIRMERY, professeur à la Faculté des Lettres de Lyon, 1 vol.

CERVANTÈS, par LUCIEN BIART, 1 vol.

ÉMILE AUGIER, par H. PARIGOT, professeur de rhétorique au Lycée Janson-de-Sailly, 1 vol.

Tous les volumes parus ont été honorés d'une souscription du Ministère de l'Instruction publique.

Cervantès.

NOUVELLE COLLECTION DES CLASSIQUES POPULAIRES

CERVANTÈS

PAR

LUCIEN BIART

Un volume orné d'un portrait et de plusieurs reproductions.

PARIS

LECÈNE, OUDIN ET Cⁱᵉ, ÉDITEURS

17, RUE BONAPARTE, 17

1890

Tout droit de traduction et de reproduction réservé.

CERVANTÈS

I

Sur tous les points civilisés de notre globe, le nom
de Cervantès, à peine prononcé, a ce privilège de
dérider le front des hommes les plus graves, d'amener un sourire sur les lèvres les plus moroses. C'est
qu'il évoque instantanément, ce nom, même dans
l'esprit des gens les moins lettrés, cinq figures devenues immortelles grâce à l'intensité de vie que leur
créateur a su leur donner. D'abord, armé de toutes
pièces, se dresse l'*Ingénieux hidalgo don Quichotte de
la Manche* qui, monté sur son famélique coursier *Rossinante*, chevauche en rêvant à la haute dame de ses
pensées, la meunière *Dulcinée du Toboso*. Derrière le
chevalier trottine, assis comme un patriarche sur son
grison, le narquois écuyer *Sancho Pança*. Depuis trois
siècles les aventures de ces héros sont devenues si
familières, que l'on est compris, à Saint-Pétersbourg
aussi bien qu'à Madrid ou à Paris, lorsque l'on fait

allusion au combat contre les moulins à vent, ou à la bataille du théâtre des marionnettes. L'*histoire de l'Ingénieux hidalgo don Quichotte de la Manche* est, en réalité, le seul livre de la littérature espagnole, pourtant si riche, qui soit non seulement connu, mais populaire en tous pays, et son auteur est pour l'Espagne ce qu'est l'Arioste pour l'Italie, Shakespeare pour l'Angleterre, Molière pour nous.

Mais, avant d'aborder les œuvres si diverses du grand écrivain espagnol, occupons-nous un peu de sa vie à la fois héroïque, glorieuse, laborieuse, douloureuse, et qui est elle-même un véritable roman.

De même qu'Homère, l'auteur de l'odyssée de don Quichotte, Michel Cervantès Saavedra, a vu, durant le siècle dernier et jusqu'au commencement du nôtre, sept villes se disputer l'honneur de le compter parmi leurs fils. Madrid, d'abord ; puis Séville, Lucena, Tolède, Esquivias, Alcazar de San Juan, Consuegra, ont à la fois revendiqué cette gloire et présenté, à l'appui de leurs prétentions ou de leurs droits supposés, de nombreux et volumineux mémoires. Les luttes ont été vives, courtoises, bien que très acharnées. En fin de compte, il a été dûment prouvé, et le fait est aujourd'hui hors de discussion, que Michel Cervantès est né à Alcala de Hénarès, ville de la Nouvelle-Castille, le 7 octobre 1547, c'est-à-dire sous le règne de Charles-Quint.

La famille Cervantès était de vieille noblesse, et, singulière coïncidence sur laquelle il nous faudra revenir pour l'expliquer, la bisaïeule paternelle de notre auteur se nommait Juana de Avellaneda, bien que fille de don Arias de Saavedra. C'est en souvenir d'elle, paraît-il, que Cervantès joignit ce nom au sien. Il eut donc pour père un noble mais pauvre hidalgo, don Rodrigo Cervantès, et pour mère dona Léonor de Cortinas, que l'on suppose avoir été parente de dona Magdalena de Cortinas, belle-mère de Lope de Vega.

Le seul renseignement que ses nombreux biographes aient pu recueillir sur l'enfance de Cervantès, c'est qu'il naquit le dernier de quatre enfants. Quelle fut son éducation? On l'ignore. Dans une de ses nouvelles, *la Fausse tante*, il décrit avec tant d'exactitude les mœurs et les pratiques des étudiants de Salamanque, que l'on a longtemps cru qu'il devait avoir été disciple de cette célèbre Université. En réalité, non seulement les preuves matérielles de cette assertion font défaut, mais tout semble démontrer que Cervantès ne fréquenta jamais aucune des grandes écoles de son pays. Il savait pourtant un peu de latin et il aimait à faire des citations dans cette langue, prêtant généreusement à Horace ce qui appartient à Virgile, et *vice versa*. Un fait certain, c'est qu'il était à ce point passionné pour la lecture — c'est lui qui nous l'apprend dans un de ses prologues — que, faute de livres, il ramassait dans les rues les morceaux de papier imprimé qu'il rencontrait sur sa route, et s'en composait une bibliothèque.

S'il n'étudia pas dans un collège, Cervantès suivit néanmoins un cours d'humanité, comme on disait alors, car, en 1568, à l'occasion de la mort d'Isabelle de Valois, femme de Philippe II, un ecclésiastique nommé Lopez de Hoyos, professeur de latinité, publia un livre à la fin duquel il inséra des vers de ses élèves. Parmi ces vers figurent une longue élégie, un

1*

sonnet et une épitaphe en redondilles, dus à la plume de Michel Cervantès, que le professeur déclare être « son disciple bien-aimé. » Hoyos n'ayant professé à Madrid qu'en 1568, il est permis de croire que le futur auteur du *Don Quichotte* eut le courage, à vingt ans, de se faire écolier.

L'épitaphe, qui semblait excellente au bon Hoyos, est loin de mériter aujourd'hui cette qualification. Toutefois elle a son prix, puisqu'elle nous fait connaître le point de départ emphatique, et même tant soit peu amphigourique du style d'un auteur qui, par la suite, devait écrire avec un si parfait naturel.

« Ci-gît la gloire de la terre espagnole, ci-gît la fleur de la nation française, ci-gît qui sut accorder le différend des deux peuples, en couronnant d'olivier la guerre qui les séparait. Ici, dans un petit espace, notre reine aujourd'hui dans l'éternel royaume de la gloire, notre claire étoile d'occident, repose enfermée. Ici est enterrée l'excellente cause de l'exil de notre félicité. Voyez ce qu'est le monde et sa rigueur, et comme, sur la plus sainte vie, la mort remporte toujours la victoire ! La plus belle fleur de la terre a été transportée au ciel, et, au moment de la couper sur sa tige, la mortelle catastrophe fut cachée au monde ; c'est ainsi que, souvent, on n'aperçoit la flamme qu'au moment où l'on est brûlé (1) ! »

Tout cela, réduit en simple prose, n'est pas très compréhensible, et c'est bien pis encore dans les vers de l'original. Mais c'est comme contraste avec ce que nous verrons plus tard que j'ai cru bon de

---

(1) Je crois devoir prévenir mes lecteurs, et cela une fois pour toutes, que les citations des œuvres de Cervantès qu'ils rencontreront sur leur route ont été traduites expressément pour ce volume. Il faut excepter toutefois les passages du *Don Quichotte*, naturellement empruntés à la traduction que j'ai faite de cet ouvrage. (NOTE DE L'AUTEUR).

citer ces vers. Le point de départ d'un homme de
génie est toujours intéressant, instructif et curieux.

De 1547 à 1570, c'est-à-dire jusqu'à sa vingt-
troisième année, les biographes n'ont rien pu découvrir de certain sur la vie de Cervantès. A la dernière de ces dates il se trouvait à Rome, chez le
futur cardinal Aquaviva, en qualité de « domestique. » Ce mot, il ne faut pas l'oublier, servait alors
à désigner toutes les personnes attachées à la maison
des grands seigneurs, aussi bien les valets de
chambre que les secrétaires, les gentilshommes que
les protégés. Est-ce à ce dernier titre que Cervantès
fit partie de la maison du légat ? On ne peut que
conjecturer.

Pour quelle cause Cervantès avait-il abandonné
son pays ? Un document, trouvé dans les Archives
de Simancas, semble le révéler. C'est un ordre d'ar-
restation lancé, à la suite d'un jugement, contre un
Miguel de *Zerbantès*, contumace. N'oublions pas qu'au
seizième siècle l'orthographe de la langue castillane
manquait encore de fixité, et que, pour les Espagnols,
il n'y a pas de différence, même au point de vue de
la prononciation, entre *Cervantès* et *Zerbantès*. Donc
il paraît probable qu'il s'agit bien ici de l'auteur
futur du *Don Quichotte*, condamné, d'après ce document, à dix ans d'exil, et à se voir couper le poing.
Etait-ce donc un parricide ? Non pas ; il avait simplement mis l'épée à la main dans l'enceinte d'un
lieu habité par le roi et blessé un alguazil, crime
de lèse-majesté.

Peu satisfait de la position subalterne qu'il occupait
à Rome, Cervantès se fit brusquement soldat. Il

entra d'abord dans une compagnie papale, d'où il ne
tarda guère à passer dans un *Tercio*, ou régiment
espagnol. Il fut embarqué sur l'escadre de l'habile
Marc-Antoine Colonna, fit naufrage aux bouches du
Cattaro, et peu s'en fallut qu'il devînt prisonnier
des « infidèles », comme on nommait alors les
musulmans. L'année suivante, 1571, le pape Pie V,
Philippe II et la République de Venise ayant formé
la « sainte ligue » pour combattre les Turcs qui
devenaient de plus en plus menaçants, Cervantès,
embarqué sur la galère la *Marquesa*, fut un des
acteurs de la fameuse bataille de Lépante, livrée et
gagnée par le chevaleresque don Juan d'Autriche.
Le jour de cette bataille, 7 octobre, était l'anniver-
saire de la naissance du jeune soldat qui, se trouvant
malade de la fièvre à l'heure de l'action, fut envoyé
à fond de cale par son capitaine ; Cervantès, bien
que grelottant, réclama avec instance l'honneur de
rester sur le pont, et l'obtint.

La *Marquesa* prit une part glorieuse à la célèbre
bataille. Elle s'attaqua bravement à la galère d'A-
lexandrie, beaucoup plus forte qu'elle, et la força
d'amener son pavillon. Cervantès, affaibli, malade,
ne laissa pas de combattre. Atteint à la poitrine de
deux coups de feu, un troisième lui fracassa la main
gauche et l'estropia pour le reste de sa vie. Plus
tard, dans une pièce de vers de médiocre facture
mais haute de pensée, il a dit avec un juste orgueil :

« En ce moment critique, j'étais là, tenant d'une main
mon épée, tandis que mon sang coulait de l'autre. Je portais
à la poitrine une blessure profonde, et ma main gauche
était brisée en mille morceaux. Mais la joie de mon âme était

si grande de voir les féroces infidèles vaincus par les chrétiens, que je m'apercevais à peine que j'étais blessé. Pourtant, mes douleurs étaient mortelles, et parfois me pri-
vaient de sentiment. »

Cervantès avait raison d'être fier ; il venait de
payer noblement la dette que tout homme doit à sa
patrie, et aussi à sa foi.

Débarqué à Messine, le blessé y demeura en con-
valescence pendant sept mois. Aussitôt guéri, il fut
incorporé dans un nouveau régiment, prit part à
l'expédition organisée par don Juan d'Autriche contre
Tunis, et de là revint en Italie. En 1575, il s'em-
barqua pour l'Espagne, où il allait solliciter un
grade. Il emportait des lettres de tous ses chefs,
qui, ayant reconnu son mérite, demandaient pour
lui le commandement d'une compagnie d'infanterie.
Non loin des côtes d'Espagne, le bâtiment sur lequel
naviguait Cervantès ainsi que son frère aîné Roderigo,
simple soldat comme lui, fut attaqué et pris, après
un long combat, par des corsaires algériens. Cervantès et son frère, devenus prisonniers, se virent
aussitôt conduits à Alger où Michel, vendu comme
esclave, fut acheté par un renégat grec.

Les lettres dont Cervantès était porteur, et parmi
lesquelles s'en trouvait une de don Juan d'Autriche,
firent croire à son maître qu'il était un officier de
haut rang, en mesure de payer une forte rançon. On
le traita donc fort mal, dans l'espoir de le forcer
ainsi à se racheter plus vite. Cervantès, à plusieurs
reprises, tenta de s'évader pour gagner Oran, alors
occupé par des troupes espagnoles. La fortune servit
mal l'intrépide prisonnier, car toutes ses tentatives

échouèrent et lui valurent d'être enchaîné, ce qui ne l'abattit en aucune façon. Du reste, son courage, son sang-froid, sa persévérance, la noblesse de sa conduite — il assuma toujours la responsabilité de ses actes pour justifier ou innocenter ses compagnons d'infortune — lui valurent jusqu'à l'estime de ses ennemis. Enfin sa famille, après avoir réuni tout l'argent dont elle pouvait disposer, put le lui faire passer. Par malheur la somme fut jugée insuffisante pour la rançon des deux frères ; don Roderigo seul put donc être racheté, et partit pour l'Espagne. Il emportait un plan d'évasion concerté par son cadet, dans lequel celui-ci demandait aux autorités espagnoles d'envoyer, à une date désignée, un navire sur un point signalé des côtes d'Alger, point où se trouveraient réunis, prêts à s'embarquer, un certain nombre de captifs. Le navire vint ; mais, trahis par un des leurs, les prisonniers ne purent atteindre le lieu du rendez-vous. Cervantès, comme de coutume, prit toute la responsabilité de l'entreprise dont on accusait les Pères de la Merci, qui, charitablement, s'occupaient du rachat des chrétiens. Le coupable eut la corde au cou, et, s'il échappa à la mort, ce fut pour se voir enfermer dans un bagne.

N'est-ce pas un véritable roman, des plus dramatiques et des plus mouvementés, que cette partie de la vie de notre grand homme ? On croirait à de la fantaisie, à de l'exagération, si tous les faits que je rapporte ne s'appuyaient sur des preuves irrécusables. Un bénédictin, don Antonio de Hoedo, a fait une enquête sur les lieux mêmes, et il en a consigné le résultat dans son *Histoire d'Alger*. Le courage déployé par Cervàntès, son dévouement pour ses compagnons d'infortune, et l'empire que sa noble conduite lui valut non seulement sur ses amis, mais sur ses maîtres, ont été juridiquement constatés. On découvrit même que, pauvre ainsi qu'il l'était, comme il le fut toujours, il secourait ceux qui, moins vaillants que lui, ne savaient pas résister à la misère.

Surveillé de plus près que par le passé, Cervantès n'en continua pas moins à tenter de s'évader, et il se consolait de ses maux, de sa captivité, de son exil, en composant des vers. On a découvert de lui, dans les papiers du comte d'Altamira, une épître manuscrite adressée à don Mateo Vazquez, le célèbre favori de Philippe II. Cette épître est sans date ; mais comme le poète déclare être au service du roi depuis dix ans, on peut la considérer comme ayant été écrite vers 1575. Dans ce document, Cervantès raconte à grands traits ses aventures depuis le jour où il s'est fait soldat jusqu'à l'heure où il est devenu prisonnier des Algériens, et il conjure le roi de détruire le nid de ces pirates.

« Sire, dit-il, l'entreprise est facile, il s'agit de réveiller ton royal courage, de briser l'orgueil avec lequel une « bico-que » te fait d'incessants outrages. Chacun, là-bas, regarde sans cesse si ta flotte ne paraît pas à l'horizon. Tu tiens les clefs d'une prison sans murs que défend une poignée d'hommes mal armés ; d'une prison où meurent vingt mille chrétiens. »

Le style de cette épître est déjà bien différent de celui de l'épitaphe d'Isabelle de Valois ; il est exempt de ces concetti, c'est-à-dire de ces jeux de mots em-

phatiques, entortillés, alors très à la mode, et qui
nous semblent aujourd'hui si ridicules. Néanmoins
ces vers ne sont guère que de la prose rimée, et ce
sera toujours là le défaut capital des vers de Cervantès, qui en a beaucoup écrit.

Remarquons, au passage, que les vœux pour la
destruction des pirates d'Alger faits par le jeune
soldat espagnol, n'ont été accomplis que deux siècles
et demi plus tard, et par notre nation. En 1541, Charles-Quint avait essayé, sans y réussir, de s'emparer
d'Alger. Par ordre de Louis XIV, Duquesne, en 1682,
bombarda sans le détruire ce nid de corsaires, exploit
que renouvela lord Exmouth en 1816. C'est seulement en 1830, pour venger une insulte faite à son
consul, que la France s'empara d'Alger et mit fin à
des déprédations dont l'Europe souffrait depuis des
siècles.

Tandis que Cervantès, infatigable et indomptable,
multipliait ses tentatives d'évasion, sa mère et sa
sœur amassaient à grande peine une somme de 300
ducats, qu'elles remirent aux Pères de la Merci vers
le milieu de l'année 1579. Le duc de Sesa recom-
manda les deux nobles femmes au roi, qui leur fit
délivrer un privilège pour trafiquer en Algérie, privilège que Mme Cervantès vendit 60 ducats. La somme
offerte ayant été repoussée comme insuffisante par le
maître de Cervantès, plusieurs négociants se colisè-
rent pour compléter celle qu'il exigeait. La liberté
du grand Espagnol fut payée 6,770 réaux environ,
c'est-à-dire 1,690 francs.

Enfin, en 1580, Cervantès revint dans son pays, et
reprit aussitôt du service dans le régiment de

Figuéroa, où il retrouva son frère. A cette époque, une partie de l'infanterie espagnole était simplement armée d'un bouclier et d'une épée ; la blessure du « glorieux manchot » ne s'opposait donc pas à ce qu'il continuât son métier de soldat. En 1581, les deux frères suivirent le duc d'Albe en Portugal. Le pays était déjà soumis, mais les îles Terceires tenaient encore, soutenues par une flotte française. Après une première expédition, restée infructueuse, Cervantès assista à la défaite de cette flotte, victoire que don Alvar de Bazan, marquis de Santa-Cruz, déshonora en faisant massacrer ses prisonniers, en faisant jeter à la mer l'amiral Strozzi, blessé et encore vivant.

Bien que victorieuse, la flotte espagnole était si maltraitée qu'elle dut, après ce combat, retourner en Espagne pour réparer ses avaries. C'est alors que Cervantès, découragé, renonça brusquement à la carrière des armes. A la fin de l'année 1584, c'est-à-dire peu après son arrivée à Madrid, il publia les six premiers livres de son roman pastoral, *Galatée*, composé durant ses aventureuses pérégrinations. Ce fut donc à l'âge de 43 ans qu'il se lança dans la carrière littéraire, qui, moins ingrate pour lui que celle des armes, devait le rendre immortel.

GALATÉE.

Galatée est une pastorale. Or, à première vue, il peut sembler étrange qu'un homme qui sortait des prisons du dey d'Alger, qui avait assisté comme acteur à une grande bataille contre les Turcs, pris part aux expéditions contre le Portugal et contre les Açores, ait eu l'idée d'écrire un pareil roman, alors qu'il avait tant de choses intéressantes à raconter. Pourtant, il obéit en cela à deux raisons puissantes, au goût public d'une part, et, de l'autre, à la mode. Cervantès avait longtemps vécu en Portugal, où ce genre de fiction captivait l'esprit de toutes les classes de la société, où *Menina moça* de Bernadino Ribeyro, c'est-à-dire *Petite et jeune*, jouissait d'une faveur qui, à l'heure présente, n'est pas encore épuisée. Georges de Montemayor, un Espagnol, avait conquis en un instant la célébrité en imitant cet ouvrage, et sa *Diane*, autre imitation, avait eu à son tour vingt imitateurs applaudis. Cervantès céda donc à un entraînement qui est de toutes les époques, celui de tous les auteurs à leur début ; voyant que le public n'avait d'yeux et d'oreilles que pour les romans champêtres, il en composa un.

Il n'eut pas tort, puisque *Galatée* le tira brusquement de l'obscurité, que plusieurs éditions se succédèrent. Traduit aussitôt en français par Oudin, qui devait plus tard être l'interprète de *Don Quichotte*, *Galatée* — il s'agit d'une bergère et non de la nymphe aimée par Polyphème — séduisit Paris comme elle avait séduit Madrid. Deux siècles plus tard, Florian la rajeunit en y pratiquant de nombreuses coupures et lui forgea un dénouement, car Cervantès ne termina jamais son. églogue, qui, pourtant, forme deux gros volumes. De nos jours cette œuvre singulière est à peine lue, même par les Espagnols. L'heure n'est plus aux bergers raisonneurs et philosophes, ni à la fausse pastorale dont *Estelle et Némorin* ont porté chez nous les dernières houlettes enrubannées, 'fait entendre les derniers pipeaux.

Au dire d'un juge des plus experts, Prosper Mérimée, la prose de *Galatée* est laborieuse, contournée, pleine d'inversions qui semblent n'avoir d'autre but que de montrer la répugnance de l'auteur à écrire comme on parle. Les dialogues sont des suites de pointes, c'est-à-dire de puérils jeux de mots, ou de longues dissertations pédantesques. On dirait que, de gaieté de cœur, Cervantès s'est appliqué à embrouiller l'action principale de son œuvre, en l'enchevêtrant d'épisodes accumulés de façon à lasser la patience des lecteurs les plus courageux. Et notons que ni le roman, ni même ses nombreux épisodes n'ont de dénouement, et qu'il semble impossible de leur en trouver. Faut-il accuser, condamner Cervantès? Non; encore une fois il suivait la mode, une mode que nous ne comprenons plus; aussi le frais visage de sa *Galatée* est-il pour nous couvert de rides.

Notre auteur intitula son œuvre « églogue » et la dédia au fils de son ancien chef Marc-Antoine Colonna, « comme prémices de son faible génie. » Dans sa préface, il déclare « qu'un grand nombre des bergers qui figurent dans son roman ne sont déguisés que d'habits. » Aussi est-ce une croyance générale, bien que non justifiée, que *Galatée* est le portrait de la dame qu'il épousa quelques mois après la publication de son œuvre, et qu'il s'est peint lui-même dans le héros de sa pastorale, le berger Elicio. Ce qui est plus certain, c'est qu'autour de Galatée et d'Elicio gravitent des personnages, des écrivains, qui furent les amis de l'auteur. Il nous suffit de le savoir ; soulever les masques serait aujourd'hui difficile et sans intérêt ; mais ce dut être une curiosité et un attrait pour les contemporains.

Donc, dans *Galatée*, abondent les épisodes, les incidents, les imbroglios, à ce point que le lecteur le plus attentif est incapable d'en suivre le fil, encore moins de le débrouiller. Le style, il faut bien l'avouer, a tous les défauts de son époque et du genre ; il est affecté, obscur, de sorte qu'il faut sans cesse deviner, interpréter. Néanmoins, venant d'un grand esprit, toute l'œuvre ne saurait être condamnée. Elle renferme en effet, çà et là, des situations intéressantes ; sa morale est irréprochable et, de temps à autre, un charme poétique se dégage de cette prose si laborieuse, si alambiquée, si énigmatique. Florian comprit qu'avec tous ces faux ornements *Galatée* ne pourrait plaire à la vivacité des esprits français de son siècle ; il réduisit donc les deux gros volumes de Cervantès à quelques pages, qui, en somme, ne

donnent aucune idée réelle de l'œuvre qu'il a voulu
faire connaître.

Il faut signaler les erreurs des grands esprits,
elles sont un enseignement. Mais, après avoir blâmé
des défauts qui sont essentiellement ceux de son
temps plus que ceux de notre auteur, constatons, et
c'est pour lui une valable excuse, que son succès
fut grand. On admira la beauté de ses descriptions
de la nature, la délicatesse de sentiment des personnages, la variété et le contraste des passions mises
en œuvre, la grâce de quelques-uns des incidents.
Tout cela a été dit et pensé chez nous, remarquons-le,
des romans de Mlle de Scudéry, dont nous ne pouvons
plus supporter la lecture. Autres temps, autres goûts ;
aussi, en général, les œuvres de l'esprit ne se survi-
vent qu'à force de naturel et de vérité ; témoin les
lettres de Mme de Sévigné, et *Don Quichotte*.

Vers la fin de l'année marquée par ses débuts
littéraires, c'est-à-dire en 1584, Cervantès épousa
dona Catalina de Palacios Salazar y Vozmedio, dont
la suite de noms nous révèle la noble origine. Néanmoins, elle était presque aussi pauvre que celui
qu'elle épousait ; cependant, elle lui apportait en dot
182,297 maravédis, sans compter que Cervantès lui
en reconnut 37,500. Ce chiffre, de 219,797 maravédis sonne agréablement, pompeusement. Toutefois,
n'oublions pas que nous sommes en Espagne, où il
fallait 34 maravédis pour faire un réal, et 20 réaux
pour faire une piastre ; traduite en monnaie de nos
jours, cette grosse somme représente donc à peine
deux mille francs !

Classé du premier coup, grâce à *Galatée*, parmi les

beaux esprits, Cervantès, qui résidait à Esquivias, se
rendait souvent à Madrid et demandait à sa plume
les ressources dont il avait besoin pour soutenir son
ménage. Il n'y arrivait pas sans peine, si nous nous
rapportons à un passage du *Don Quichotte*. Dans l'in-
ventaire que font le barbier et le curé de la bibliothèque du bon chevalier, ils trouvent *Galatée*.

« — Quel est ce livre ? demande le curé.
— La *Galatée* de Michel Cervantès, répond le barbier.
— Ce Cervantès, reprend le curé, est de mes amis depuis
de longues années, et je le sais plus connaisseur en mauvaise
fortune qu'en vers. Son livre ne manque pas d'heureuses
inventions ; seulement, il commence et ne conclut pas.
Attendons la seconde partie qu'il a promise ; peut-être, avec
des corrections, ce livre deviendra-t-il digne de l'attention
qu'on lui refuse aujourd'hui. Gardez-le donc, compère. »

Elles sont mélancoliques, ces paroles, et elles nous
apprennent que le sage esprit de Cervantès ne s'aveuglait qu'à demi sur la valeur de son églogue, qu'il
avait le courage, rare de tout temps, d'en reconnaître les faiblesses. A plusieurs reprises, dans ses
préfaces, il annonce la prochaine conclusion de
Galatée, et, un jour, il déclare même l'œuvre terminée, prête à être publiée. Elle n'a jamais paru et
la veuve de Cervantès, qui lui survécut, ne trouva
pas ce manuscrit dans les papiers de son mari.
L'avait-il détruit? C'est improbable; le fait certain,
c'est qu'il ne nous est pas parvenu.

II

CERVANTÈS AUTEUR DRAMATIQUE.

En 1584, le théâtre, bien qu'il fût encore en Espagne dans son enfance, était un divertissement déjà si recherché que Madrid, à lui seul, possédait au moins vingt troupes de comédiens. Cervantès, dans sa première jeunesse, avait vu les représentations du fameux batteur d'or Lope de Rueda, devenu acteur par vocation, puis auteur par nécessité, et aujourd'hui considéré, avec Juan de la Encina, comme un des fondateurs du théâtre espagnol. Lope de Rueda voyageait de ville en ville, ainsi que le font nos modernes saltimbanques, représentant ses pièces en plein air, sur un échafaudage improvisé. Mais écoutons parler Cervantès lui-même qui, dans le prologue placé en tête de ses comédies, nous donne de curieux détails sur le Thespis espagnol.

« ..... Dernièrement, dit-il, je me trouvai engagé, avec quelques-uns de mes amis, dans une conversation où il fut question de comédies, et de ce qui les concerne.... On agita la question de savoir qui, en Espagne, fut le premier à les tirer des langes. Me trouvant être le plus âgé des assistants, je déclarai me souvenir avoir vu, dans ma jeunesse, les représentations de Lope de Rueda, homme des plus remarquables sur ce point. Il fut si admirable dans la poésie pastorale, qu'il n'a jamais été surpassé. Bien que je fusse alors trop jeune pour apprécier sainement le mérite de ses vers,

aujourd'hui, que je touche à l'âge mûr, je les juge par
ceux qui me sont restés dans la mémoire... Au temps de
Lope de Rueda, — 1544 à 1567 —, qui était à la fois auteur
et acteur, tout l'appareil scénique se réduisait à un sac,
à quatre vêtements de peaux garnies de cuir doré, plus
quatre fausses barbes, autant de perruques, et cinq ou six
houlettes. Les comédies étaient des colloques entre deux ou
trois bergères ou pasteurs, semblables à ceux des églogues,
et que l'on allongeait par deux ou trois intermèdes.

Il n'y avait, alors, ni décors, ni machines, ni défis de
maures à chrétiens. Il n'y avait pas de personnages sortant
ou paraissant sortir des entrailles de la terre par les trappes
du théâtre, lequel était composé de quatre tréteaux soute-
nant des planches, et il ne descendait du ciel ni nuages portant des anges, ni machines amenant des âmes. Tout l'orne-
ment de la scène consistait en une vieille couverture ten-
due par deux cordes et formant le vestiaire, c'est-à-dire le
lieu où s'habillaient les acteurs. Derrière cette couverture
se tenaient les musiciens, lesquels chantaient, sans accom-
pagnement de guitare, d'anciennes chansons. »

Les renseignements sont précieux pour l'histoire de
la littérature dramatique, et ils nous font connaître
les perfectionnements matériels dont disposait le
théâtre, au moment où Cervantès l'aborda.

Le souvenir agréable qui lui était resté des représentations auxquelles il avait assisté, peut-être aussi la
fréquentation des auteurs dramatiques et des acteurs,
puis les gros bénéfices que procurait la réussite d'une
pièce bâtie à la hâte, furent les motifs qui, très probablement, lancèrent Cervantès dans cette voie. Mais,
ici encore, son génie ne lui permit pas d'imiter simplement ce qui se faisait, et il nous a laissé un exposé
des réformes qu'il introduisit sur la scène espagnole,
croyant parfois inventer, il est vrai, ce qui avait été
déjà mis en pratique. Ainsi, il se vante d'avoir réduit

les comédies de cinq actes à trois, ce qu'Avendono, il l'ignorait sans aucun doute, avait déjà fait avant lui. Il se vante aussi d'avoir le premier montré des fantômes ou des figures allégoriques telles que la Paix, la Guerre, la Peste, la Famine, bien qu'il ait été devancé en cela par Juan de la Cueva, qui lui-même avait emprunté cet artifice aux anciens *Mystères*. Enfin, dans ses comédies, de même que dans toutes ses autres œuvres du reste, il s'appliqua à reproduire côte à côte avec ses fantaisies, des événements de la vie réelle, des épisodes de ses voyages, des tableaux de ses aventures et de ses souffrances, et c'était bien là d'incontestables nouveautés.

Il se consacra donc au théâtre, et, nous le savons encore par lui-même, il fit, en très peu de temps, représenter vingt ou trente pièces, toutes accueillies par des applaudissements. « Elles firent leur chemin, dit-il, sans sifflets, huées ni vacarme, sans offrandes de concombres ou autres projectiles. » Remarquons ce dernier trait de mœurs, et souvenons-nous que le meurtre des sept fils de Lara eut un concombre pour cause. Aujourd'hui, en Andalousie, on suspend encore un de ces fruits à la porte de celui que l'on veut insulter.

Aucune des pièces composées à cette époque par Cervantès ne s'imprima de son temps, et deux seulement, découvertes en 1782, ont été livrées à la presse en 1784. Les autres, on peut à peine en douter, sont irrévocablement perdues. Il ne faut pas trop les regretter, à l'exception peut-être de la *Confusa* — la *Honteuse* — « laquelle parut admirable sur la scène, s'il faut en croire la renommée, » a dit l'auteur qui, bien

que modeste, la tenait pour une des meilleures du
genre auquel elle appartenait, même en face de celles
de Lope de Vega.

La première des pièces retrouvées : *los Tratos de
Argel*, c'est-à-dire les *Mœurs d'Alger* — est un drame
dont l'intrigue est des plus simples, car il s'agit de
l'enlèvement d'une jeune mauresque par un captif
espagnol, scène que l'auteur nous racontera de nouveau dans un des hors-d'œuvre du *Don Quichotte*. Dans
ce drame, Cervantès s'est donné un rôle sous le nom
de Saavedra, et il fit débiter par ce personnage quelques-uns des vers qu'il avait adressés au favori de
Philippe II, Vazquez. La faiblesse du sujet n'est pas
ici rachetée par le style, qui est négligé et se ressent
de la hâte avec laquelle l'auteur écrivait. Comme
action, il y a l'épisode d'un captif qui fuit au désert,
s'y égare, et s'endort. A son réveil, il voit un lion à
ses côtés ; mais la noble bête, au lieu de le dévorer,
l'aide à retrouver son chemin.

A ce propos, Mérimée se demande, dans la dernière notice qu'il écrivit sur Cervantès, si, à l'époque
où ce drame fut représenté, on mettait déjà en scène
des lions domptés, ou si celui des *Tratos de Argel* était
simplement un figurant marchant à quatre pattes, et
couvert d'une peau de bête. De quelque façon que cette
scène se jouât, ajoute-t-il, elle prouve que l'on
sollicitait déjà la curiosité des spectateurs par des
moyens étrangers à l'art, et dont on abuse de nos
jours.

En résumé, et bien que la critique ait ici beau jeu,
il est juste de dire qu'il y a, dans les *Tratos de Argel*,
des scènes pleines d'animation, dont plusieurs sont

émouvantes. Le drame est divisé en cinq actes ou journées, et renferme un échantillon de tous les mètres de la poésie espagnole. Des personnages allégoriques s'y montrent, l'Occasion, la Nécessité, un Démon. Il faut voir là, ainsi que l'a remarqué Ticknor dans son *Histoire de la littérature espagnole*, non un drame ordonné, mais un mélange incohérent de sentiments et de fantaisies qui n'ont nul rapport avec le sujet principal : c'est l'enfance de l'art.

Nous arrivons à *Numancia*, la seconde des pièces retrouvées. Ici, le drame a pour cadre la célèbre défense de cette ville contre les Romains, qui ne purent dompter ses habitants qu'après quatorze ans de guerre et un siège rigoureux de quatorze mois, lequel se termina par le massacre de tous les Numantins. Ce sujet, sans doute choisi par notre auteur en raison des sentiments patriotiques qu'il lui permettait d'exprimer, ce qui devait tenter un vieux soldat, est encore une pièce nationale pour nos voisins. Ils la tiennent en grande estime, aidés en cela par un orgueil des plus respectables, celui de l'amour de la patrie. *Numancia*, comme *los Tratos de Argel*, est écrite en mètres variés et divisée en quatre journées. Elle ne compte pas moins de quarante personnages, parmi lesquels figurent l'Espagne, le Duero, un Revenant, la Guerre, la Peste, la Renommée, etc.

Au premier acte apparaît Scipion qui harangue les soldats romains et leur reproche de n'avoir pas encore eu, depuis qu'ils combattent, raison d'une poignée d'Espagnols qu'il faut enfin réduire par la famine. Il est à peine sorti de la scène que l'Espagne s'avance sous les traits d'une belle matrone, et fait appel au fleuve le Duero, réclamant son aide pour sauver sa fidèle ville.

« Gentil Duero, dit-elle, toi dont le cours sinueux baigne en partie mon sein, puisses-tu toujours voir, comme le Tage paisible, des sables d'or enveloppés par tes eaux. Que les nymphes vagabondes, quand les prairies sont vertes et les bois feuillus, se mirent dans tes ondes et ne soient pas avares, pour toi, de leurs dons.

. . . .

Prête à mes rauques gémissements une oreille attentive; viens les écouter. Que rien ne l'arrête, et, par tes crues incessantes, venge-toi des fiers Romains. »

Le Duero réplique. Assisté des cours d'eau qui sont ses tributaires, il promet de lutter, mais sans espérance de triompher. En revanche, il prédit que les Goths, le connétable de Bourbon, puis le duc d'Albe, vengeront un jour Numance en prenant Rome. C'est là tout le premier acte, et les trois autres, par malheur, ne sont que de longues descriptions des misères, des souffrances endurées par les Numantins, doléances coupées de temps à autre par des tirades auxquelles manque le souffle, sur l'amour de la patrie. Les vers sont lourds, plats, défauts ordinaires à la poésie de Cervantès, si à l'aise et souvent si élevé lorsqu'il écrit en prose.

J'allais traduire la scène d'une mère et de son enfant; puis celle d'un fiancé qui, rencontrant celle qu'il aime mourante, épuisée, va lui chercher, au péril de sa vie, des aliments dans le camp des Romains. Mais à quoi bon citer ce qui n'est que passable, alors que la place, plus tard, nous manquera pour citer ce qui est excellent.

Le drame se termine au moment où l'on vient annoncer à Scipion que tous les Numantins sont morts, à l'exception d'un jeune garçon qui apparaît au sommet d'une tour. Scipion, touché, ordonne que ce dernier ennemi soit épargné, qu'il soit pris vivant. Le jeune garçon, voyant les Romains en mouvement, leur crie :

« Où allez-vous et que cherchez-vous, Romains? Vous voulez pénétrer dans *Numance*? Vous le ferez d'un pas paisible. Je vous en préviens, je tiens ici les clefs de cette ville, dont la mort seule a pu triompher. »

Scipion offre la vie au jeune Numantin, qui lui répond :

« Ta clémence, cruel, vient trop tard, et ne trouve plus où s'exercer. Je veux subir à mon tour la terrible sentence qui a conduit à une mort affreuse, et si héroïque, mes chers parents et ma patrie adorée. Toute la fureur de ceux qui ne sont plus, leur refus de se rendre, de subir aucun joug, toutes leurs colères, toutes leurs rancunes embrasent mon cœur. J'ai hérité de toute la valeur de Numance morte. Vouloir me dompter serait folie.

Patrie chère, peuple infortuné, ne craignez pas que je sois indigne de ceux qui m'ont donné l'être. Allons, Romains, suspendez vos efforts, ne vous fatiguez pas à escalader des murs, votre pouvoir fût-il encore plus grand qu'il l'est, vous ne me vaincrez pas. Mais il est temps d'agir, et l'amour que je sens pour ma chère patrie, que mon action le proclame! »

Et le jeune Numantin, s'élançant du sommet de la tour, tombe broyé aux pieds de Scipion qui s'écrie:

« O action mémorable et sans exemple, digne d'un cœur mûr et vaillant, fait qui honore non seulement Numance, mais l'Espagne. Monte au ciel, enfant, occuper la place que t'a préparée la gloire. En te précipitant en bas de cette tour tu as monté, et tu me fais descendre, moi qui montais. »

Ce dernier trait, ce jeu de mots final dans un moment si pathétique vient tout gâter, se ressent du style de *Galatée*, et je crois inutile d'insister pour en faire sentir le ridicule.

On comprend que l'Espagne, en dépit de la mauvaise ordonnance des scènes de cette tragédie et de leur monotonie, la tienne presque pour un chef-d'œuvre. Cependant, pour rendre à Cervantès toute la justice qui lui est due, il ne faut pas oublier qu'il précéda de quelques années Lope de Vega dans l'art dramatique, et que, par conséquent, il fraya la voie dans laquelle celui-ci allait s'engager, et s'illustrer.

IV

LA LUTTE POUR LA VIE.

Bien que le succès de ses pièces eût accru sa réputation ; bien que la rapidité avec laquelle il les composait prouve chez lui, à cette époque, plus de souci du gain que de la gloire, Cervantès resta pauvre et continua de lutter contre les difficultés de son existence, avec une constance, un courage et une bonne humeur qui ne sont pas les moins beaux traits de son noble caractère. Il était estropié, puis, outre la charge de son ménage, il avait à soutenir sa sœur Andréa, devenue veuve avec une fille. Après trois années de séjour à Esquivias et d'incessants voyages à Madrid, où il allait chercher des ressources qu'il ne trouvait pas toujours, il abandonna la petite ville qui le considéra longtemps comme un de ses fils, et alla s'établir à Séville.

A cette époque, 1588, la capitale de l'Andalousie était le grand entrepôt des richesses qui arrivaient d'Amérique, et, en même temps, a dit Cervantès, « un asile de pauvres et un refuge pour les malheureux. » Là, il devint un des agents du commissaire royal des flottes du Nouveau-Monde, Antonio de Guevara.

Mais la mauvaise fortune s'acharnait contre le pauvre grand homme, sans jamais, remarquons-le de nouveau comme un exemple à suivre, lasser son courage ni sa constance. Il fut brusquement accusé d'avoir vendu indûment du blé, et, sur l'ordre du corrégidor d'Ecija, on le jeta dans la prison de la ville de Castro del Rio, où il devait rester jusqu'à l'heure où il aurait remboursé le blé vendu à tort. C'était là un abus de pouvoir, attendu que Cervantès, en qualité de commissaire des vivres de guerre, relevait de l'armée et n'était justiciable que d'un seul tribunal, le Conseil royal de guerre. Grâce à une caution on le remit en liberté, mais il dut se rendre à Madrid pour expliquer sa conduite. L'affaire, vue à distance, est compliquée, obscure. Toutefois, il apparaît comme certain que le vieux soldat n'avait fait qu'obéir à son chef immédiat. Avec une abnégation dont il avait déjà donné tant de preuves durant sa captivité en Algérie, Cervantès, au lieu d'accuser son supérieur, accepta l'entière responsabilité du fait qui lui était reproché, et s'appliqua même à en démontrer à la fois la légalité et l'utilité. La décision du tribunal est inconnue ; cependant, elle fut sans nul doute favorable au pauvre accusé, puisque l'année suivante il est à Séville faisant, pour le compte de l'Intendance militaire, de grands achats de blé.

Peu de temps après, nous le trouvons percepteur des sommes dues au gouvernement, emploi humble, plein de soucis, indigne de son mérite. Néanmoins, ce poste lui fournit le pain dont il a besoin pour lui et les siens, et lui donne en même temps l'occasion de parcourir la province de Grenade, celle d'Andalousie, puis de revoir Mostaganem et Oran. Ces voyages le familiarisèrent avec les mœurs intimes des contrées les plus pittoresques de son pays, et il sut plus tard, dans plusieurs de ses œuvres, dans ses *Nouvelles* surtout, tirer profit de ses souvenirs.

Le pauvre grand homme, dans cet emploi secondaire, ne tarda guère à être assailli de nouveaux embarras, de nouvelles tribulations. Il avait remis à un négociant une somme de 7,400 réaux avec l'ordre de la verser au Trésor, et ce négociant fit faillite avant d'avoir opéré le versement. Cervantès fut déclaré responsable, et forcé de rembourser le Trésor. Par bonheur, après la liquidation de la faillite, il retrouva ses fonds.

Un troisième incident, fâcheux encore, vint lui faire sentir, une fois de plus, la misère de sa condition. Comme tous les percepteurs, il devait rendre ses comptes à des dates fixes, et il se trouva un beau jour à découvert d'une somme de 2,641 réaux, cinq cents francs environ. Nous pouvons mesurer ici le degré de sa pauvreté, car, en dépit de ses efforts, il ne put rembourser. Le tribunal des comptes, dont la sévérité était alors célèbre, lui accorda vingt jours pour payer, tout en le faisant emprisonner. Peu de temps après, ayant fourni une caution, Cervantès fut remis en liberté.

De ces multiples incidents, il nous faut bien conclure que Cervantès devait être un très inhabile financier, et qu'il n'avait pas les qualités d'ordre, de méthode si nécessaires aux comptables. Mais la preuve de son innocence, de son intégrité, de sa délicatesse, nous est démontrée par ce fait qu'il reprit son emploi à sa sortie de prison, et qu'il fut

2*

en même temps chargé, par plusieurs familles, de la gérance de leur bien. En somme, il devint un « receveur de rente ; » on se sent le cœur serré en voyant un homme de génie, capable de produire non seulement d'excellents ouvrages d'imagination, mais des chefs-d'œuvre, réduit, pour vivre, à de si stériles occupations.

Cervantès avait conscience de sa valeur, de son talent, et il souffrait beaucoup du manque de loisir qui l'empêchait de suivre son goût. Aussi, de 1597 à 1600, environ, il ne cesse d'adresser au roi des pétitions, demandant avec instance d'être envoyé en Amérique. Il établit, par des actes qui, conservés dans les archives des Indes, constituent d'inappréciables matériaux pour sa biographie, ses services, ses souffrances durant les années de sa captivité à Alger. Il sollicitait, dans ses suppliques au roi, un des quatre emplois suivants : auditeur des comptes de la Nouvelle-Grenade, payeur des galères de Carthagène, gouverneur de la province de Soconuzco au Guatémala, enfin celui de corrégidor de la ville de la Paz, au Pérou.

Ces demandes, selon la juste remarque de Prosper Mérimée, nous apprennent que Cervantès se présentait en qualité de ce que nous nommons aujourd'hui un financier, et en homme ayant quelque teinture de la jurisprudence. La réponse faite à ces suppliques, par ordre du roi, fut heureuse pour la gloire de l'Espagne, car une des dites pétitions porte en marge, écrite peut-être de la main du souverain lui-même, cette simple apostille : « voir à lui faire quelque faveur en ce pays-ci, » c'est-à-dire en Espagne.

Il est certain que Cervantès, envoyé en Amérique, n'eût pas songé à écrire le *Don Quichotte*, et que l'esprit humain compterait un chef-d'œuvre de moins.

Cervantès n'alla pas en Amérique ; mais la recommandation du roi ne fut pas suivie d'effet, puisque, sept ans plus tard, le pauvre percepteur occupait encore son humble emploi.

Comme auteur, ce n'est qu'en 1595, alors qu'il résidait à Séville, que Cervantès nous donne de nouveau signe de vie. Dans cette année, il envoie quelques vers badins à Saragosse, vers qui lui valurent un prix dans le concours motivé par la canonisation de saint Jacinthe. En 1596, l'amiral anglais, comte d'Essex, s'étant emparé de Cadix, mit tout simplement la ville à rançon — la force primait alors le droit d'une façon absolue. Durant une vingtaine de jours, le noble comte démolit ou brûla les maisons que ses matelots pillaient, et personne ne vint attaquer ni inquiéter les Anglais qui, lorsqu'ils eurent bu tout le vin, mangé tous les vivres, tout mis à sac, se rembarquèrent paisiblement. Pendant ce temps, les autorités de Séville ordonnaient des levées d'hommes et de grands armements pour secourir la malheureuse ville ; mais l'argent et les munitions manquaient, et les Andalous se montrèrent, paraît-il, peu envieux de se battre ; seulement, l'ennemi parti, ils retrouvèrent leur proverbiale jactance, et le vieux soldat de Lépante, indigné, leur décocha l'épigrammatique sonnet suivant :

« En juillet nous avons vu une autre semaine sainte, attestée par certaines confréries que les soldats nomment compagnies, lesquelles font peur au vulgaire, non à l'Anglais.

Il y eut tant de plumes au vent qu'en moins de quatorze ou quinze jours Pygmées et Goliaths s'envolèrent, et l'édifice croula sur sa base.

Le Becerro (1) rugit et les embrocha ; la terre tonna, le ciel s'obscurcit, la fin du monde allait venir.

Enfin, dans Cadix, avec une prudente lenteur, le comte d'Essex étant parti sans se presser, on vit l'entrée triomphante du grand-duc de Medina Sidonia. »

Durant le long séjour de Cervantès à Séville, deux peintres de ses amis, qui étaient en même temps des lettrés et des poètes, entreprirent de faire son portrait. L'un de ces artistes, Pachecon, fut le maître et le beau-père du grand Velasquez ; l'autre se nommait Juan de Jaureguy, et l'on possède quelques-unes de ses œuvres. Les portraits de notre auteur sont perdus, celui qu'ont adopté les Espagnols en est peut-être une copie.

Nous avons, du reste, un portrait de Cervantès tracé par lui-même à l'aide de la plume. Il l'a placé dans le prologue de ses *Nouvelles exemplaires*, publiées en 1613. Anticipant un peu, nous allons traduire ce portrait ; il est bon de connaître ceux que l'on fréquente, et la plume sincère de Cervantès nous garantit la ressemblance.

« Je voudrais, dit-il, me voir ici reproduit en tête de mon livre, d'après mon portrait peint par le fameux Juan de Jaureguy, au bas duquel j'écrirai : Celui que vous voyez ici, le visage busqué, les cheveux châtains, le front lisse et découvert, les yeux souriants, le nez courbe, bien que de bonne proportion, la barbe d'argent — il y a vingt ans à peine elle était d'or — les moustaches longues, la bouche

---

(1) Un des chefs placés à la tête des volontaires andalous se nommait Becerra ; par moquerie Cervantès a écrit *Becerro*, qui signifie : veau.

petite et les dents peu abondantes, car elle n'en possède
que six, mal conditionnées et encore plus mal placées, vu
qu'elles ne correspondent pas les unes avec les autres ; le
corps entre les deux extrêmes, ni grand ni petit ; le teint
vif, plus blanc que brun, les épaules un peu voûtées, et
l'allure un peu pesante ; celui-là, dis-je, est l'auteur de
Galatée et du *Don Quichotte de la Manche*, celui qui a écrit le
Voyage au Parnasse à l'exemple du caporal Pérusin, plus
d'autres œuvres égarées qui courent le monde sans porter
le nom de leur maître, lequel se nomme assez ordinaire-
ment Michel Cervantès de Savedra. Il a été soldat durant
un grand nombre d'années et pendant cinq ans captif, ce
qui lui a enseigné la patience dans l'adversité. Il perdit, à
la bataille de Lépante, la main gauche d'un coup d'arquebuse, blessure laide à voir, mais qu'il tient pour belle,
l'ayant gagnée dans une mémorable circonstance. »

Lorsqu'il traça de lui-même ce portrait plaisant,
Cervantès venait d'atteindre sa soixante-cinquième
année. Sa parole était difficile, il bégayait un peu.

Revenons en arrière ; de 1598 à 1603, où nous le
trouvons établi à Valladolid, on ne sait rien de la
vie ni des productions de notre auteur. On suppose
qu'il avait été attiré dans la capitale de la province
de Léon par la présence de la cour, qu'un caprice de
Philippe III y avait transférée. Là, Cervantès lutte
encore contre un abandon complet et une pauvreté
dont nous avons une preuve de sa main, dans un
compte des travaux de couture exécutés par sa sœur
Andréa pour le marquis de Villafranca. C'est là
aussi qu'une nouvelle épreuve vint atteindre le mal-
chanceux grand homme.

Dans un tapage nocturne, pendant lequel un
chevalier de Saint-Jacques fut tué près de la maison
où Cervantès demeurait avec sa famille, la justice —
on croit qu'elle voulait détourner les soupçons —

incrimina tout le voisinage, et Cervantès fut emprisonné. On le relâcha de la façon la plus honorable
quelques jours plus tard, et cette affaire prouva
simplement une fois de plus, dit plaisamment
Mérimée, qu'en cas de discussion ou de meurtre,
les gens prudents ne doivent rien voir ni rien
entendre.

La maison au premier étage de laquelle habitait
alors Cervantès à Valladolid existe encore, elle est
située rue du *Rastro* et porte le numéro 11. C'est une
maison d'ouvriers et l'on peut se rendre compte, par
l'étroitesse du logis, de l'exiguïté des ressources de
ceux qui l'occupaient. Cervantès habitait là avec sa
femme, sa fille, sa sœur, sa nièce et une religieuse qui,
on ne sait à quel titre, faisait partie de sa maison.

Nous touchons enfin à l'heure où le vieux soldat,
qui jouit de l'estime des lettrés par sa *Galatée* et par
ses vers, qui a conquis un instant la faveur populaire par ses premiers travaux dramatiques, mais
qui s'est quelque peu laissé oublier, va faire enfin
imprimer son chef-d'œuvre. Sa vie accidentée, nécessiteuse, lui a donné une expérience peu commune.
Il a vécu en Italie, en Portugal, en Afrique, traversé
les provinces méridionales de la France, et parcouru
les plus importantes en même temps que les
plus pittoresques contrées de son pays. Il connaît
les hommes et, bien qu'il ne soit gradué par aucune
Université, il les a toutes fréquentées et s'est imprégné
de la lecture des anciens. Il va créer en s'appuyant sur
ces maîtres, et sa réputation va devenir en un instant
européenne, sans toutefois modifier en rien sa fortune,
ni le rendre heureux.

V

PREMIÈRE PARTIE DU DON QUICHOTTE.

La première partie du *Don Quichotte* parut en 1605, avec une autorisation royale accordée l'année précédente, et datée de Valladolid. A cette époque Cervantès était encore percepteur, homme d'affaires, voire quelque peu écrivain public, et il venait d'atteindre sa cinquante-huitième année.

A quelle date commença-t-il à écrire son livre immortel ? ses biographes s'en sont inquiétés, sans réussir à éclairer cet intéressant point d'histoire littéraire. « Ce livre, a dit son auteur, fut conçu dans une prison, lieu où tous les ennuis se donnent rendez-vous, où ne pénètrent que de tristes bruits. » Etant donné que Cervantès a été maintes fois emprisonné, ce renseignement laisse dans le doute. Ce qu'il nous faut remarquer, c'est que ce fut après vingt ans de silence que Cervantès reparut dans « l'arène littéraire », comme on disait de son temps, avec ce chef-d'œuvre d'imagination et de gaieté, lequel présente un si douloureux contraste avec la vie pleine de vulgaires mais impérieux soucis qui fut la sienne.

Etablissons, avant d'aborder l'œuvre, le véritable but visé par son auteur en l'écrivant.

Des volumes ont été écrits en France, en Angleterre, en Allemagne, en Italie et surtout en Espagne,
pour éclairer ce point d'histoire. On a cherché très
loin, bien que Cervantès, à deux reprises, ait claire-
ment révélé son dessein dans ses prologues. « Ne
perdez pas de vue l'objet de votre tâche, lui dit l'ami
avec lequel il feint de converser dans la première
de ses préfaces, objet qui est de renverser l'édifice
sans fondements des livres de chevalerie, si blâmés
par les uns et si goûtés par d'autres. Si vous réus-
sissez dans cette entreprise, vous n'aurez pas fait une
mince besogne. » Dix ans plus tard, dans le prologue de la seconde partie de son œuvre il répète :
« Je n'ai qu'un désir, faire détester les histoires
fictives et absurdes des livres de chevalerie, que les
aventures véritables de mon don Quichotte ébran-
lent déjà si bien qu'elles vont trébuchant, et tomberont sans nul doute. » Et l'ami dit encore : « Votre
livre, d'un bout à l'autre, est une critique des livres
de chevalerie. » Voilà qui est net, il semble ; pourtant on a disserté pendant trois siècles et l'on dis-
serte même encore à ce propos ; essayons de dire
le dernier mot.

A l'époque de Cervantès, les livres de chevalerie,
dans toute l'Europe lettrée et surtout en Espagne,
préoccupaient les esprits et provoquaient une admiration qui touchait au fanatisme. Quelques têtes
judicieuses résistaient seules à cet entraînement,
dont nous avons un exemple chez nous, à l'heure
même à laquelle j'écris, dans la vogue des romans
dits « policiers ». Les esprits sages déploraient que
le public n'eût d'yeux et d'oreilles que pour les aven-

tures insensées d'*Amadis de Gaule*, de *Tristan*, de *Primaléon*, et de la foule de leurs fils. Dans le peuple — est-il sûr qu'il n'en soit pas de même aujourd'hui pour les romans de cour d'assises ? — on croyait ces fictions des vérités. Ce courant devint si fort, si nuisible au bon sens, qu'en 1553 une loi prohiba, aussi bien en Espagne que dans ses colonies, l'impression et la vente de ces livres qui avaient à ce point tourné les têtes qu'en 1532 François de Portugal pouvait raconter qu'un gentilhomme, rentrant chez lui après une journée de chasse, trouva sa femme, ses filles, voire ses servantes éplorées. Bouleversé, il demande à la hâte quel malheur est arrivé, si un parent ou un enfant est mort ? Ne pouvant répondre, on lui fait signe que non. — Alors, s'écrie-t-il, pourquoi pleurez-vous ? — Hélas ! Seigneur, Amadis est mort ! Les bonnes dames avaient lu jusque-là.

Combattre un pareil engouement, une mode qui régnait aussi bien en haut qu'au bas de la société, était une entreprise hardie. Cervantès la tenta et réussit ; car très peu de livres de chevalerie s'imprimèrent après le sien, c'est-à-dire après sa parodie. C'était un coup de génie que d'avoir frappé si fort et si juste, que d'avoir anéanti, presque instantanément, une branche entière et florissante de la littérature, et cela dans l'esprit d'une nation jalouse, passionnée, altière, que les hauts faits des héros imaginaires qu'on lui présentait, exaltait. Cervantès atteignit donc son but non en sermonnant, mais à force d'entrain et de bonne humeur ; ce n'est pas l'unique fois, du reste, que, visant à corriger les hommes de leurs travers, la plaisanterie s'est montrée plus puissante que la raison.

Les critiques — ils ont souvent l'esprit trop ingénieux — ont donc cherché, en dépit des déclarations pourtant si explicites de Cervantès, à trouver une portée plus haute que celle avouée par l'auteur dans l'œuvre soumise à leur admiration. En général ils se sont égarés, car, lisant entre les lignes à l'aide de lunettes, ils ont voulu voir tantôt une satire contre le gouvernement de Charles-Quint, tantôt une critique des mœurs de son époque, dans l'ouvrage du vieux soldat de Lépante. En vérité, c'était aller trop loin. D'autres — ceux-là semblent avoir suivi une meilleure piste — ont cru que dans son œuvre, et derrière ses attaques contre les livres de chevalerie, Cervantès avait voulu montrer le contraste de l'âme avec le corps, et leurs perpétuels conflits. Don Quichotte, à ce compte, serait la personnification de l'âme, de ses aspirations vers l'idéal, et Sancho Pança celle du corps et de ses incommodes besoins matériels, du prosaïsme.

Cette interprétation a été combattue, mais faiblement. Ces oppositions métaphysiques, a-t-on dit, étaient étrangères à l'époque à laquelle l'auteur a vécu, et même contraires à son caractère. Il eut toujours une joyeuse confiance dans la vertu humaine, et son incorrigible bonne humeur proteste contre tout découragement, contre toute mélancolie. D'accord ; mais en quoi l'amour du bien empêche-t-il de voir le mal, et l'âme est-elle si coupable lorsqu'elle se plaint, même avec malice, du grossier compagnon auquel elle est liée, qui parfois l'asservit ?

Tous les esprits généreux n'ont-ils pas combattu le corps, et saint Paul ne demandait-il pas au ciel de l'en délivrer? L'âme de Turenne, véritable chevalier, ne se moquait-elle pas de sa « guenille », que le bruit d'un coup de canon venait de faire sursauter au commencement d'une bataille, en lui disant, avec un mépris que nous comprenons : — Tu tremblerais bien davantage, ma fille, si tu savais où je te conduirai tout à l'heure.

Pour moi, qui ai passé de longues années en tête à tête avec don Quichotte et son écuyer, en traduisant les quatre volumes de leurs aventures, cette intention de Cervantès est transparente. Oui : en combattant les livres de chevalerie, l'ingénieux et malicieux auteur nous présente du même coup l'héroïsme et la peur, la générosité et l'égoïsme. Lu dans cet esprit, le *Don Quichotte* devient un livre de haut enseignement moral ; c'est à ce titre qu'il a survécu aux fictions dont il s'est moqué, qu'il sera lu tant qu'il y aura des hommes, et qu'ils penseront.

C'est, a dit un ancien sur lequel je m'appuie avec Mérimée, un grand et magnifique spectacle que celui de l'homme de bien luttant contre la fortune, et la vie de don Quichotte, aussi bien que celle de son auteur, nous font assister à ce spectacle. On plaint Cervantès, on plaint son héros, plus souvent encore on les admire. Le bon chevalier, en dépit de son grain de folie, nous fait partager nombre de ses idées, nous fait admirer sa pitié pour les faibles, sa générosité, son courage. Malheureux celui qui n'a pas risqué d'attraper quelques horions, de s'exposer au ridicule pour redresser des torts. Les fils ont

toujours plus ou moins de l'esprit de leur père ;
aussi le patient, le doux, le vaillant, le généreux
don Quichotte est bien le digne enfant de l'héroïque
soldat mutilé à Lépante, et, pour l'un comme pour
l'autre, les connaître équivaut à les aimer.

Ainsi prévenus, abordons enfin l'œuvre, elle ne
tardera guère à nous charmer.

VI

DON QUICHOTTE; SES IDÉES ET SES DÉBUTS.

Le premier soin de Cervantès est de nous présenter son héros, et il le fait en maître écrivain. La façon ampoulée, factice, souvent banale avec laquelle il s'appliquait, la veille encore, à rendre ses pensées, à imiter le style de son époque, fait brusquement place au naturel le plus merveilleux, le plus parfait qui se puisse imaginer. Ce style, il est correct, châtié, d'une flexibilité sans pareille, et nous le verrons s'élever jusqu'à la plus haute éloquence sans jamais détoner, s'abaisser à la description des détails les plus infimes sans toucher à la trivialité. Cervantès est enfin lui-même et nous allons, par la bouche des personnages qu'il va mettre en scène et faire vivre d'une vie intense, l'entendre parler, discuter, discourir, le voir nous montrer son âme. Bien que ce rapprochement n'ait jamais été fait, je n'hésite pas à le formuler ; Cervantès, par nombre de côtés et avec plus d'idéal, ce dont il ne faut pas nous plaindre, c'est notre Montaigne dont il fut, du reste, le contemporain.

Mais écoutons-le.

« Dans un village de la Manche, dont je ne veux pas me rappeler le nom, vivait, il y a peu de temps, un de ces hidalgos qui possèdent lance au râtelier, rondache antique et bidet maigre. Un pot au feu composé de plus de vache que de mouton, un saupiquet presque chaque soir, des abatis de bœuf le samedi, des lentilles le vendredi et un pigeonneau supplémentaire le dimanche absorbaient les trois quarts de son revenu. L'autre quart servait à l'achat d'un pourpoint de drap fin, de chausses et de pantoufles de velours pour les jours de fêtes, car, dans la semaine, notre homme se contentait d'un justaucorps de serge. Il avait chez lui une gouvernante déjà mûre, une nièce qui n'atteignait pas encore sa vingtième année, et un domestique bon pour la ville comme pour les champs. Notre hidalgo frisait la cinquantaine. Il était de solide complexion, sec de corps, maigre de visage, matineux, grand ami de la chasse, et de vraisemblables conjectures donnent à croire qu'il se nommait Quijano. »

Or le bon hobereau dont nous reverrons si souvent le long corps et le maigre visage, consacrait ses loisirs, lesquels duraient toute l'année, à lire des livres de chevalerie. Sa passion pour ces histoires devint si forte, qu'il vendit plusieurs arpents de terre pour s'en procurer. A la longue, il se remplit si bien la tête d'enchantements, de querelles, de combats, de défis, de blessures, d'extravagances, qu'il en vint à concevoir la plus étrange idée qui se soit jamais logée dans la tête d'un fou.

« Il lui parut convenable et nécessaire, tant pour augmenter sa bonne renommée que pour rendre service à son pays, de se faire chevalier errant et de s'en aller par le monde à la recherche d'aventures, imitant les exploits de ses héros, redressant les torts, bravant les périls afin d'acquérir une gloire immortelle... Il rêva même de conquérir une couronne. »

Mû par ces désirs, le bon hidalgo nettoie une vieille armure qui lui vient de ses bisaïeux, la polit du mieux qu'il peut, remplace les pièces qui manquent par

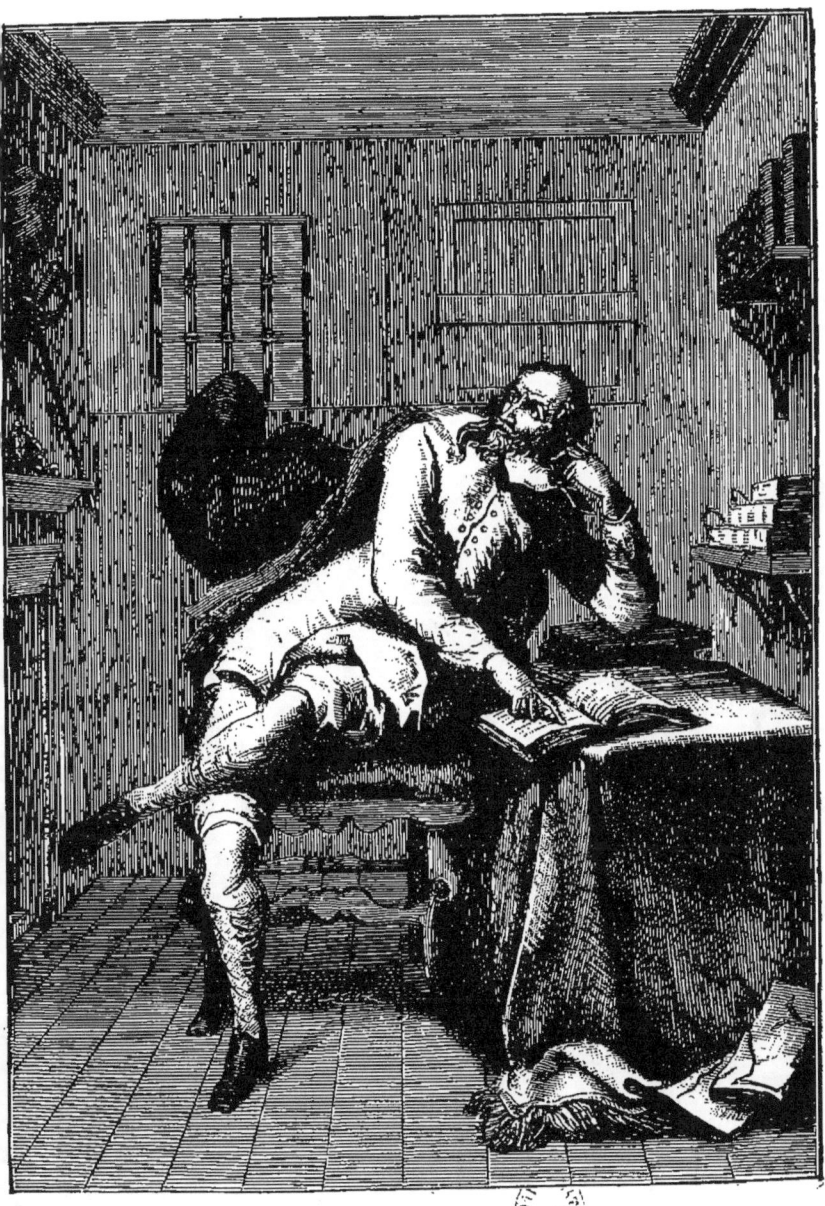

Don Quichotte.

d'autres en carton qu'il consolidera peu à peu à l'aide
de bandes de fer, puis, cela fait :

« Il alla visiter son bidet, et, bien que la pauvre bête eût
plus de tares qu'un sou n'a de deniers, et plus de défauts
que la monture du chevalier Gonéla *qui tantum pellis et ossa
fuit,* elle parut à son maître supérieure au Bucéphale
d'Alexandre ou au Babiéça du Cid. Quatre jours se pas-
sèrent à lui chercher un nom, car, ainsi que se le disait à
lui-même le futur héros, « il n'était pas convenable que
l'excellent coursier d'un si fameux chevalier demeurât sans
nom connu ». Il voulait en trouver un qui peignît à la fois
ce qu'avait été l'animal et ce qu'il allait devenir; son maître
changeant d'état, il était naturel que sa monture eût un
nom pompeux et sonore digne de leur nouvelle carrière.
Après en avoir imaginé vingt qu'il effaça, allongea, rac-
courcit, défit et recomposa dans sa mémoire, il l'appela
Rossinante, nom qui lui parut majestueux et disant bien
ce que sa bête avait été et ce qu'elle était devenue : la première rosse du monde. »

Son cheval nommé à son gré, le futur chevalier
songe à se baptiser de nouveau lui-même, et perd huit
jours avant de se décider pour le nom de *don Quichotte*
qu'il adopte enfin. Mais Amadis, le plus fameux des
héros imaginaires qu'il admirait, avait trouvé son
nom trop sec et l'avait fait suivre de celui de sa patrie. Suivant ce noble exemple, notre ingénieux
hidalgo se décide à s'appeler *don Quichotte de la Manche,* nom qui révélait à la fois son lignage et le lieu de
sa naissance.

Pourvu d'armes, d un coursier et d'un nom, il res-
tait au nouveau chevalier à élire « une dame de ses
pensées », car un chevalier sans dame serait comme
un arbre sans feuilles ou comme un corps sans âme.

« Si pour l'expiation de mes péchés ou pour ma gloire,

CERVANTÈS   3

disait-il, je rencontre un géant, ainsi que la chose arrive aux chevaliers errants ; si je le jette à bas de sa monture d'un coup de lance ; si je le fends du haut en bas ou si je le force à se rendre à merci, ne faut-il pas que j'aie une dame aux pieds de laquelle il puisse aller s'agenouiller en lui disant, d'une voix humble et soumise :

— Je suis, Madame, le géant Caraculiambro, roi de l'île de Malindrania, vaincu en combat singulier par le jamais assez loué chevalier don Quichotte de la Manche, lequel m'envoie vers Votre Grâce, afin que Votre Grandeur dispose de moi à son gré. »

La joie de l'hidalgo fut grande lorsqu'il eut prononcé ce petit discours, emprunté à ses livres favoris, et surtout trouvé le nom qu'il cherchait, c'est-à-dire celui d'une villageoise qui lui avait plu jadis, et qui se nommait Aldonza. Mais, l'élevant au rang de sa dame, le chevalier voulut lui donner un nom égal à celui qu'il portait, et il la nomma, d'après le village où elle était née, *Dulcinée du Toboso*. Don Quichotte, Rossinante, Dulcinée, Sancho Pança, que nous allons bientôt voir paraître, est-il un seul point civilisé de notre globe où ces quatre êtres, créés par la fantaisie de Cervantès, n'aient entendu prononcer leur nom ?

Ses préparatifs terminés, don Quichotte songe aussitôt à se mettre en campagne, tourmenté par l'idée que son inaction était nuisible, tant il croyait avoir d'abus à réformer, de torts à redresser, d'injustices à réparer. Aussi, par une matinée brûlante de juillet, il endosse son armure, se coiffe de son informe casque, embrasse son écu, saisit sa lance, enfourche son coursier, et, sortant à la dérobée de sa demeure par la porte de derrière de l'écurie, le voilà, sans avoir prévenu ni sa nièce ni sa gouver-

nante, cheminant en plein pays. Il s'arrête brusquement, une pensée terrible vient de l'assaillir :
il n'est pas armé chevalier, et les lois de l'ordre lui
défendent de combattre! Il songe à ses livres et se
tranquillise: il se fera armer par le premier chevalier
qu'il rencontrera. Il reprend donc sa route rêvant à
ses hauts faits futurs, au renom qu'il va acquérir en
compagnie de Rossinante, aux malheureux qu'il va
secourir, à la célébrité qui en rejaillira sur Dulcinée.
En attendant, le soleil le chauffe si bien dans son
armure que s'il eût conservé quelque peu de cervelle,
dit l'histoire, elle se serait fondue. Au fond, il a
autant de cervelle que l'on en peut avoir, et n'est
« toqué », comme on dit aujourd'hui, que lorsqu'il
est question de chevalerie. Hors de là, don Quichotte
est doux, raisonnable, noble, généreux, vaillant,
sage, et l'instruit hidalgo qu'il était avant la lecture
pernicieuse des livres de chevalerie. Il a une idée
fixe, un « dada » en croupe duquel il accommode ses
autres idées: que celui qui n'a pas, qui n'a pas eu
de rêves généreux lui jette la première pierre !

Don Quichotte est en route, et la journée se passe
sans incidents ; mais, quand vient le soir, le chevalier
et sa monture sont harassés, mourants de faim. Du
milieu de la plaine où il erre, le héros futur cherche à
découvrir soit un château, soit une hutte pour s'abri-
ter. Enfin, au loin, il aperçoit une auberge, et, bien
qu'il stimule Rossinante, il n'atteint cet abri qu'à
la nuit tombante. Devant la porte, le voyageur aperçoit deux servantes, et son imagination qui de
l'hôtellerie et de son pigeonnier, a déjà fait un château
pourvu de quatre tourelles, transforme les deux ser-

vantes en nobles dames. En ce moment un porcher,
qui ramène ses bêtes, embouche une trompe dont le
son dirige son troupeau; don Quichotte, ravi, croit
qu'un nain sonne du cor pour annoncer son arrivée,
et son cœur de battre.

Les servantes, surprises de voir cet homme couvert d'une armure et armé d'une lance, font mine
de s'enfuir. Don Quichotte relève aussitôt sa visière
de carton, montre son maigre visage, et tente de
les rassurer par des paroles courtoises. L'hôtelier
survient, et don Quichotte, se croyant en présence
du châtelain, demande une hospitalité qui lui est
naturellement accordée. Elles sont d'une verve co-
mique irrésistible les scènes qui se passent dans
l'hôtellerie, et don Quichotte, qui se croit bel et bien
dans un château, s'agenouille devant l'hôte et le
prie de l'armer chevalier. L'hôte résiste, puis cède.
Vient la veillée des armes pendant laquelle un muletier, s'approchant d'un abreuvoir près duquel est
posté le néophyte, et refusant d'obéir à son ordre de
se retirer, reçoit un coup de bois de lance sur la
tête. Les compagnons du blessé accourent, une bataille s'engage, et le vaillant novice met à mal plusieurs des félons qui l'assaillent. L'hôte s'évertue à
rétablir la paix; il y parvient, et, afin de se débarrasser au plus vite du pauvre hidalgo dont il a reconnu la folie, il procède à la feinte cérémonie qui
doit en faire un chevalier. Don Quichotte, au comble
de ses vœux, s'éloigne pour chercher des aventures,
maintenant qu'il possède le grade qu'il ambitionnait.

Je résume, mais que de traits ingénieux à citer
dans le combat du chevalier contre les muletiers fé-

lons, dans la cérémonie burlesque de l'accolade !

« — Avez-vous de l'argent? demande en fin de compte l'hôtelier au chevalier.

— Pas un maravédis, répond don Quichotte, et je n'ai jamais lu qu'aucun chevalier errant s'en soit pourvu.

— Vous êtes dans l'erreur, réplique l'hôte ; si les auteurs n'ont pas cru devoir noter une chose aussi nécessaire et aussi naturelle que celle de porter de l'argent et des chemises propres avec soi, il ne faut pas croire que les chevaliers errants s'en soient jamais passé. Il est certain que tous ceux dont tant de livres racontent l'histoire avaient la bourse bien garnie, et une petite valise pleine d'onguent afin de panser les blessures qu'ils pouvaient recevoir au milieu des déserts où il leur fallait combattre... à moins, pourtant, qu'ils n'eussent pour ami quelque sage enchanteur qui, accourant par les airs, amenait sur un nuage une damoiselle ou un nain possesseur d'une de ces eaux merveilleuses dont il suffit de boire une goutte pour redevenir aussi sain que si l'on n'avait jamais été blessé. »

Don Quichotte trouve ces conseils judicieux et promet de les suivre, ainsi que celui de se pourvoir d'un écuyer. Le lendemain, à l'aube, il part de l'hôtellerie, heureux et fier d'être enfin chevalier.

VII

DON QUICHOTTE : *Victoires et catastrophes.*

Voilà notre errant en campagne, longeant un bois des profondeurs duquel il lui semble soudain entendre sortir des plaintes, exhalées par une voix délicate. Il retient la bride de Rossinante, écoute, puis pousse sa maigre monture vers l'endroit d'où les gémissements paraissent venir. Bientôt il aperçoit un garçon d'une quinzaine d'années lié à un arbre, nu jusqu'à la ceinture, qu'un robuste paysan fustige à coups redoublés.

« Chevalier discourtois, s'écrie don Quichotte, il est indigne de s'attaquer à qui ne peut se défendre. Montez sur votre cheval, prenez votre lance, et je vous ferai connaître que votre action est celle d'un lâche. »

Le paysan, effrayé par cette apparition, répond avec humilité. Celui qu'il châtie est un de ses bergers qui, soit par malice, soit par négligence, lui perd chaque jour une des brebis dont il a le soin.

Don Quichotte ne veut rien entendre, si ce n'est que frapper un plus faible que soi est une lâcheté qu'il ne saurait souffrir. Le jeune garçon se plaint de ce que ses gages lui sont refusés, et don Quichotte ordonne au maître de payer. Celui-ci s'excuse de n'avoir pas d'argent sur lui ; mais que son servi-

leur l'accompagne à sa ferme, il lui versera le capital
et les intérêts, il en fait le serment.

— Prenez garde, dit le petit berger à son défenseur,
mon maître n'est pas chevalier, et à peine aurez-vous
tourné le dos, qu'il s'empressera de se parjurer.

— Il n'oserait, réplique le loyal don Quichotte, il
sait trop bien que je le retrouverais, même s'il se
cachait au centre de la terre après avoir menti.

Le bon chevalier s'éloigne, confiant. A peine est-il
hors de vue que le petit berger est de nouveau saisi,
attaché, fustigé, après quoi son maître lui dit :

— Allez, garçon, allez retrouver le défaiseur de
torts, et voir s'il pourra défaire celui-ci.

Hélas ! que tout cela est cruel, mais vrai. Pendant
ce temps, don Quichotte, qui croit à l'honneur, qui
croit à la foi des serments, chemine en murmurant :

« Tu peux te déclarer la plus heureuse des femmes qui
vivent aujourd'hui sur la terre, ô belle entre les belles,
charmante Dulcinée du Toboso, à qui le destin a donné
pour vassal et serviteur un chevalier aussi brave et de si
grande renommée que l'est et le sera don Quichotte de la
Manche, lequel, comme tout le monde le sait, fut armé
chevalier hier, et a redressé aujourd'hui le plus abominable
tort qu'ait pu concevoir l'injustice ou commettre la cruauté,
en arrachant des mains d'un ennemi impie le fouet qui
martyrisait sans raison le corps délicat d'un enfant. »

L'heureux chevalier, qui prend si bien le ton
prêté aux héros qu'il veut imiter, ne tarde guère à
se trouver dans un endroit où se croisent quatre chemins. Songeant aussitôt aux carrefours qui faisaient
hésiter ses modèles, et ne sachant lequel de ces
chemins il doit suivre, il prend la résolution de se
soumettre à la volonté de son cheval et lui lâche la

bride. Rossinante n'hésite pas, lui ; il s'engage sur la route de son écurie.

A deux milles du carrefour, le chevalier aperçoit soudain nombre de gens — marchands qui se rendaient à Murcie pour acheter de la soie. Don Quichotte flaire une aventure, et, prenant une fière contenance, droit sur ses étriers, le bouclier sur la poitrine, la lance en arrêt, il se plante au milieu de la route et attend, de pied ferme, les chevaliers qui s'avancent. Dès qu'il les juge à portée de sa voix il crie :

« Que tout le monde se garde de passer outre, si tout le monde ne confesse qu'il n'y a dans l'univers damoiselle plus belle que l'impératrice de la Manche, l'incomparable Dulcinée du Toboso. »

Les marchands, surpris de la figure et de l'équipement de celui qui les interpelle, s'arrêtent ainsi que leurs valets, et l'un d'eux, d'esprit goguenard, répond :

« Nous ne connaissons pas, seigneur chevalier, la bonne dame dont vous parlez ; daignez nous la montrer ; si elle est aussi belle que vous le prétendez, de bon cœur, et sans qu'il soit besoin de menaces, nous confesserons la vérité que vous proclamez.

— Si je vous la montrais, réplique don Quichotte, quel mérite y aurait-il de votre part à convenir d'une vérité si notoire ? Ce que je veux, c'est que vous le confessiez, le croyiez, le juriez et le souteniez sans voir. Sinon, je vous déclare la guerre et vous traite en vilains orgueilleux. Et, soit que vous vous présentiez un à un, selon les lois de la chevalerie, soit que vous m'assailliez tous à la fois, selon la coutume des gens de votre espèce, je vous attends de pied ferme, fort du bon droit qui est de mon côté.

— Seigneur chevalier, reprend le marchand, je supplie Votre Grâce, au nom de tous les princes ici présents, afin que nous ne chargions pas notre conscience en affirmant une chose que nous n'avons jamais vue ni entendue, et qui doit rejaillir au préjudice des impératrices et des reines d'Alcarria et d'Estremadure, de nous montrer le portrait de votre dame, ne fût-il pas plus gros qu'un grain de blé, car par le fil on devine la pelote. Alors nous serons satisfaits, convaincus, et Votre Grâce sera contente de nous. Nous sommes du reste si bien disposés en votre faveur, que le portrait nous fît-il voir que la dame est borgne et que de son autre œil distille du vermillon ou du soufre, nous n'en confesserons pas moins tout ce qui pourra vous être agréable.

— Il n'émane rien d'elle, misérable truand, s'écrie don Quichotte enflammé de colère, il n'émane rien d'elle de ce que vous dites, mais bien de l'ambre et du musc. Loin d'être borgne ou bossue, elle est plus droite qu'un fuseau de Guadarrama, et vous allez payer l'indigne blasphème que vous venez de proférer contre une aussi merveilleuse beauté que l'est celle de ma dame. »

A ces mots, le chevalier baisse sa lance, et fond sur celui qui vient de se moquer si finement des extravagances de ses chers livres. Si par bonheur Rossinante n'eût trébuché et ne se fût abattu, l'imprudent marchand eût passé un mauvais quart d'heure. Mais, faisant un détour, il continue sa route avec ses compagnons, laissant notre pauvre chevalier embarrassé par son bouclier, son armure et son casque, faire de vains efforts pour se relever. Il criait, néanmoins, reprochant à ses vils ennemis de fuir, lorsqu'un muletier brutal, exaspéré par ses jactances, s'empare de sa lance et la lui rompt sur les côtes, action cruelle à laquelle les marchands mirent un terme. Enfin, moulu, brisé, don Quichotte se tait, essaie de se relever ; hélas ! il est trop meurtri pour y réussir.

Ces humiliants et cruels coups de bâtons, donnés

3*

à l'honnête et bon hidalgo dont ses antagonistes ont reconnu le grain de folie, ont été reprochés à Cervantès. C'est que l'on commence par rire de son héros, et que, peu à peu, en face de sa courtoisie, de sa bonté, voire de l'excellence de son jugement en dehors des choses de la chevalerie, on finit par l'aimer, par le plaindre. Toutefois, il nous faut remarquer ici que Cervantès a écrit cette scène intentionnellement, car il en tire aussitôt des conséquences contre les livres qui ont tourné la tête de l'hidalgo. Don Quichotte ne voit en effet, dans sa disgrâce, qu'une des mésaventures inhérentes à la chevalerie et, continuant à déraisonner, il en arrive à se croire un des héros dont il connaît l'histoire ; il se tient pour Baudoin, d'abord ; puis pour le maure Abindarraez. En cet état, il est accosté par un laboureur de son village et son voisin, qui, sans tenir compte ni de ses déclamations ni de ses plaintes, le place sur son âne, ramasse les armes qu'il attache sur le dos de Rossinante, et prend avec sa cavalcade le chemin du village. Il arrive à la demeure du pauvre hidalgo au moment où son curé et son barbier, maître Nicolas, sont en conférence avec la nièce et la gouvernante de don Quichotte, parlent de son absence inexpliquée. Il leur suffit de l'entendre pour comprendre de quel pied il boite, et on le porte dans son lit tandis qu'il raconte qu'il est meurtri par suite d'une chute de son cheval, survenue alors qu'il combattait contre dix géants.

Deux jours plus tard, le curé et maître Nicolas, assistés de la nièce et de la gouvernante de l'hidalgo, se mettent à l'œuvre pour détruire les livres causes de sa folie. Avant de les livrer aux flammes, le curé s'inquiète du titre de chaque volume, en fait à la fois la critique et l'éloge. Quelques-uns, signés par des amis de Cervantès, échappent à l'auto-da-fé, et nous avons vu déjà ce que le curé dit de la *Galatée*. L'exécution terminée, la porte de la bibliothèque est murée, et il reste convenu qu'aussitôt le chevalier debout, on lui dira que cette œuvre est celle d'un enchanteur.

Après quelques jours de repos, le bon hidalgo, ayant repris un peu de calme, se hâte de se rendre dans sa bibliothèque. Ne comprenant rien à la porte murée, il erre d'abord du haut en bas de son logis sans mot dire. A la fin, il interroge sa nièce et sa gouvernante, qui lui racontent ce qui a été convenu. « Je comprends, dit don Quichotte, c'est là l'œuvre d'un grand enchanteur mon ennemi qui cherche à me nuire, car il sait que je dois vaincre un jour un chevalier son protégé; mais, quoi qu'il fasse, il ne pourra empêcher ce que le ciel a ordonné. — Ne vaudrait-il pas mieux, seigneur, réplique sa nièce, demeurer ici paisible plutôt que d'aller par le monde chercher de la laine, pour, en fin de compte, revenir tondu? — Don Quichotte se fâche, il se fâche même avec ses deux amis, le curé et le barbier qui cherchent à l'éclairer, et auxquels il soutient que, vu la perversité du monde, l'heure est venue d'y mettre un terme en ressuscitant la chevalerie.

En même temps, mais en secret, don Quichotte s'abouche avec un pauvre paysan son voisin, homme honnête et crédule, afin de le décider à l'accompagner en qualité d'écuyer. Il lui raconte les merveilles dont ses livres favoris sont farcis, lui dit qu'il

pourrait se faire qu'une île soit conquise dans une
heureuse aventure, île dont il le nommerait gouverneur. Sancho Pança, c'est le nom du paysan, croit en
aveugle tout ce que lui raconte son maître et seigneur,
homme d'éducation supérieure et renommé pour sa
bonté ; il le croit si bien qu'il consent à le suivre,
abandonnant sa femme et ses enfants, voire un peu
fier de devenir écuyer. Don Quichotte, en même
temps qu'il embauche Sancho, se procure de l'argent,
et, un beau jour, il ordonne secrètement à son écuyer
de se tenir prêt à se mettre le soir même en campagne. A l'heure convenue, et à l'insu de tout le monde,
les deux aventuriers s'esquivent. La verve de Cervantès va aussitôt redoubler d'imprévu, et son esprit
de bonne humeur.

VIII

DON QUICHOTTE. — DEUXIÈME SORTIE. — L'AVENTURE DES MOULINS A VENT.

Les deux fugitifs cheminèrent si bien durant la nuit que, l'aube venue, ils jugèrent que l'on ne pourrait les retrouver, alors même que l'on se mettrait à leur recherche. Sancho ayant déclaré n'être pas encore accoutumé à marcher à pied, était monté sur un très bon âne qu'il possédait. Il avait inquiété don Quichotte, ce baudet, car le bon hidalgo eut beau chercher, il ne put trouver d'exemple d'un écuyer de chevalier errant monté sur un âne. A la fin il avait accepté le grison, se proposant de pourvoir Sancho d'une monture plus honorable en enlevant le cheval du premier chevalier discourtois que l'on rencontrerait. En attendant, Sancho, chargé d'un bissac plein de provisions — il songeait toujours au solide — avançait comme un patriarche et souhaitait déjà se voir gouverneur de l'île que son maître lui avait promise.

« Que Votre Grâce n'ait garde, seigneur chevalier errant, dit-il tout à coup à son maître, d'oublier l'île ; si grande qu'elle soit, je me sens capable de la gouverner.

— Il faut que tu saches, ami Sancho Pança, répond don Quichotte, que c'était une coutume, parmi les anciens chevaliers, de faire leurs écuyers gouverneurs des îles ou des royaumes qu'ils pouvaient conquérir, et je ne veux pas qu'une si louable coutume se perde par ma faute. Je compte, bien au contraire, prendre en cela une supériorité, car, le plus souvent, les chevaliers attendaient que leurs écuyers fussent vieux, fatigués par de longs services, de mauvais jours et de pires nuits, pour leur donner le titre de comte ou tout au plus de marquis d'une vallée ou d'une province de plus ou moins de valeur. Mais, si Dieu nous prête vie à l'un et à l'autre, il se pourrait bien qu'avant six jours je réussisse à conquérir un royaume qui en eût d'autres sous sa dépendance, lesquels viendraient à point pour que tu fusses couronné roi. Et ne t'exagère pas cette faveur ; il arrive aux chevaliers errants des choses et des aventures si invraisemblables, si peu prévues, que je pourrais facilement te donner encore plus que je ne t'ai promis.

— De façon, réplique Sancho — qui ne saurait douter de la véracité de l'honnête seigneur qu'il est accoutumé à respecter depuis son enfance — que, si je devenais roi par un de ces miracles dont parle Votre Grâce, ma femme, Juana Gutierrez, se trouverait être reine et mes fils infants ?

— Qui en doute ? répond don Quichotte.

— Moi, dit Sancho Pança ; car je songe que, lors même que Dieu ferait pleuvoir des royaumes sur la terre, aucune couronne ne pourrait tomber d'aplomb sur la tête de Juana Gutierrez. Sachez, messire, qu'elle ne vaut pas deux maravédis comme reine ; comtesse, lui irait mieux, et encore, avec l'aide de Dieu.

— Laisse agir le ciel, Sancho, répond avec gravité don Quichotte, il lui enverra ce qui lui conviendra le mieux. Mais n'amoindris pas ton âme au point de te contenter d'être moins que gouverneur de province.

— Non certes, messire, réplique Sancho, d'autant plus qu'un aussi noble maître que Votre Grâce me donnera ce qu'il me faut et ce que je puis porter. »

Remarquons-le bien, les raisonnements de don Quichotte sont coordonnés, ses maximes sont excellentes, et sa folie ne se fait jour qu'aussitôt qu'il songe à sa chevalerie. Quant à Sancho, nous avons déjà une idée de sa simplicité, en même temps que de son bon sens terre à terre, bien que parfois malicieux. Mais laissons de nouveau parler les deux héros, ils vont nous donner une idée encore plus complète du naturel, de la finesse, de l'ingéniosité, de la richesse d'imagination et de l'inépuisable verve de leur créateur, de ce Cervantès dont la vie compta si peu de jours heureux, et qui resta si gai.

Le maître et l'écuyer traversent une plaine, et découvrent une trentaine de moulins à vent.

« Un sort heureux guide nos destinées mieux que nous ne saurions le faire nous-mêmes, s'écrie aussitôt don Quichotte. Tu peux voir là-bas, ami Sancho, une trentaine de géants formidables que je veux combattre et priver de la vie. Leurs dépouilles commenceront notre fortune. Ceci est de bonne guerre, et c'est servir Dieu que de nettoyer la terre d'une si mauvaise semence.

— Quels géants ? demande Sancho.

— Ceux que tu peux apercevoir d'ici, réplique don Quichotte, avec leurs bras si longs. Quelques-uns les ont parfois de plus de deux lieues.

— Que Votre Grâce y prenne garde, reprend Sancho ; ce ne sont pas des géants que nous voyons là-bas, mais bien des moulins à vent ; ce que vous nommez leurs bras sont leurs ailes qui, lorsque le vent les fait tourner, mettent la meule en mouvement.

— On voit bien, répond don Quichotte, que tu n'as aucune expérience des aventures ; ce sont des géants. Si tu as peur, retire-toi à l'écart et prie, tandis que je vais leur livrer un combat terrible et inégal. »

Et le brave chevalier, victime de son imagination d'une part, de son amour du bien de l'autre, pique Rossinante de l'éperon sans écouter les cris de son écuyer, qui lui répète que ce sont des moulins et non des géants qu'il va attaquer. Emporté par sa folie, à la vue des ailes qu'un vent faible vient de faire mouvoir, le chevalier fond sur le premier moulin, enfonce sa lance dans une des ailes, et l'arme brisée emporte bientôt le cavalier et sa monture qui roulent sur le sol très maltraités. Sancho accourt de toute la vitesse de son âne, et trouve son maître incapable de bouger.

« Que Dieu me protège, s'écrie-t-il, n'avais-je pas prévenu Votre Grâce de bien prendre garde à ce qu'elle allait entreprendre ? Ne l'ai-je pas avertie que c'étaient des moulins à vent et que, pour s'y tromper, il fallait en avoir d'autres dans la tête ?

— Tais-toi, ami Sancho, réplique avec douceur don Quichotte ; plus que toutes les autres, les choses de la guerre sont soumises à des chances continuelles. Plus j'y réfléchis, plus je me persuade que l'enchanteur qui m'a pris mes livres vient de transformer les géants en moulins pour m'enlever l'honneur de les vaincre ; mais ses enchantements ne prévaudront pas contre la bonté de mon épée. »

« Dieu le veuille, » répond Sancho, et il aide son maître à se relever, à remonter sur le malheureux Rossinante. Don Quichotte se ranime, s'échauffe, et prévient son écuyer qu'il lui fera bientôt voir des prouesses qui lui sembleront à peine croyables.

« Que la volonté de Dieu se fasse, réplique l'écuyer, je crois fermement ce qu'avance Votre Grâce ; mais ne pourrait-elle se redresser, car je vois qu'elle se penche un peu, sans doute à cause des meurtrissures de sa chute ?

— C'est la vérité, répond don Quichotte, et si je ne me plains pas, c'est qu'il est défendu à un chevalier errant de se plaindre d'aucune blessure, eût-il le ventre ouvert.

— S'il en est ainsi, réplique l'écuyer, je n'ai rien à répondre. Pour moi, je me plaindrai toujours de la plus petite douleur, si toutefois la chose n'est pas défendue aux écuyers. »

Don Quichotte ne peut s'empêcher de rire de la naïveté de son compagnon, et déclare n'avoir jamais rien lu, dans les livres de chevalerie, qui s'opposât aux plaintes des écuyers.

IX

DON QUICHOTTE. — L'AVENTURE DU CARROSSE.

Après le terrible combat contre les moulins à vent qui a fourni à toutes les langues de l'Europe une locution pour peindre les gens qui voient faux ou se repaissent de chimères, Sancho se souvient qu'il a un estomac, et rappelle discrètement à son maître qu'il est l'heure de dîner. Don Quichotte, l'esprit plein de hautes pensées, ne songe guère aux besoins vulgaires ; néanmoins, il autorise son serviteur à manger. Alors l'écuyer, bien assis sur son âne et suivant son maître à distance, mange avec une sage lenteur et, de temps à autre, porte à ses lèvres la gourde pleine de vin dont il s'est pourvu. En ce moment, il ne se souvenait d'aucune des promesses que son maître lui avait faites, et il considérait comme un agrément d'aller à la recherche d'aventures, même périlleuses.

Le soir venu, don Quichotte s'établit sous un arbre pour songer, en bon chevalier, à sa dame Dulcinée. Sancho, l'estomac plein, s'étend sur le sol et dort jusqu'à l'aube, heure à laquelle son maître le réveille. Se remettant en marche, ils arrivent, dans l'après-midi, presqu'en vue de Port-Lapice.

« Ici, s'écrie alors don Quichotte, nous allons pouvoir,

frère Sancho, mettre les mains jusqu'aux coudes dans les aventures. Mais souviens-toi qu'alors même que tu me verrais dans le plus grand danger du monde, il t'est défendu de toucher à ton épée pour me défendre ; si cependant ceux qui m'attaquent sont gens de basse classe, tu peux me venir en aide. Si ce sont des chevaliers, il ne t'est pas permis, de par les règles, de me secourir.

— Il est certain, seigneur, répond Sancho, que Votre Grâce sera bien obéie dans sa recommandation, car, de mon naturel, je suis pacifique et peu disposé à me mêler de querelles ou de disputes. Il est vrai, néanmoins, que s'il s'agissait de protéger ma personne, je ne ferais aucun cas des règles, les lois divines et humaines permettant à chacun de se défendre contre ceux qui veulent l'offenser. »

Moralement et physiquement, voilà, si je ne me trompe, quatre des héros de Cervantès à jamais implantés dans notre esprit. L'un, long, maigre, lance en main, monté sur son coursier efflanqué ; l'autre court, trapu, à califourchon sur son grison aux oreilles vacillantes, trottinant, pacifique comme son maître, et comme lui philosophe. Le chevalier est bon, courtois, brave, généreux, et sa folie nous intéresse, car elle le pousse à secourir les malheureux; l'écuyer lui-même, malgré son bon sens, voire son égoïsme, et trouvant que si le monde n'est pas parfait, on peut néanmoins l'habiter, a pourtant une âme. Malgré lui, il rêve aux grandeurs que son maître lui promet, et prend un peu de la folie de celui dont il s'est fait le fidèle écuyer.

Autre remarque : il y a certainement de l'âme de Cervantès dans celles de ses deux héros ; l'une a sa générosité, sa constance dans la mauvaise fortune, l'autre son bon sens et son humeur à la fois si enjouée et si douce, qu'au milieu de sa vie nécessiteuse il ne prit jamais la peine de se plaindre, ni celle d'envier.

Tout en conversant, et en se dirigeant vers Port-Lapice, les deux aventuriers aperçoivent soudain une cavalcade de valets, escortant le carrosse d'une dame qui se rend à Séville. Un peu en avant de ce cortège, marchent deux moines montés sur des mules. A cette vue, l'esprit de don Quichotte s'enflamme et, se tournant vers son écuyer, il s'écrie :

« Ou je me trompe fort, ou cette aventure sera la plus fameuse qui se soit jamais vue, car ces masses noires qui viennent d'apparaître là-bas doivent être ou sont des enchanteurs. A n'en pas douter, ils emmènent dans le carrosse quelque princesse qu'ils ont enlevée, et je dois employer tout mon courage à défaire ce tort.

— Ceci sera pire que les moulins à vent, répond Sancho alarmé. Regardez bien, seigneur, ces masses noires sont des moines de Saint-Benoît, et le carrosse doit appartenir à quelque voyageur. Prenez garde à ce que je dis et à ce que vous allez faire, et que le diable ne vous trompe pas.

— Je t'ai déjà averti, Sancho, réplique don Quichotte, que tu manques d'expérience en matière d'aventures. Ce que j'avance est la vérité, tu vas en juger sur l'heure. »

Tout à ses idées de chevalerie, don Quichotte se plante au milieu de la route. Il croit avoir devant lui une princesse captive dans la dame qui occupe le carrosse, et il ordonne impérieusement aux gens de l'escorte, s'ils ne veulent mourir, de remettre leur prisonnière en liberté. Un des religieux, surpris, répond qu'il n'y a là qu'une voyageuse. « Paroles trompeuses, » s'écrie le chevalier, et il fond en même temps sur le pauvre moine qui eût été transpercé, s'il n'eût eu la présence d'esprit de se laisser choir de sa mule, tandis que son compagnon fuyait à travers champs. Sancho, voyant l'ennemi à terre, s'empresse de descendre de son âne, et tente de dépouiller le moine de ses vêtements. Mais les domestiques des religieux accourent, demandent à l'écuyer pourquoi il dévalise leur maître. « Parce que les habits du vaincu, répond naïvement Sancho, m'appartiennent de droit. » Les valets, qui ne comprennent rien à ce droit, et qui voient don Quichotte causer au loin avec la dame du carrosse, se jettent sur Sancho, le renversent et le laissent sur le sol moulu de coups. Aussitôt ils remettent leur maître en selle, et tous de détaler.

Pendant ce temps, don Quichotte annonçait à la dame du carrosse qu'il venait de mettre en fuite ses ravisseurs, et la priait de vouloir bien rebrousser chemin pour aller raconter à madame Dulcinée le haut fait de son chevalier. La dame ne comprenait rien à ce langage, mais le chef de l'escorte, un Biscayen à tête dure, s'interpose en priant le chevalier de vouloir bien se mêler de ses affaires. Don Quichotte hésite à châtier cet insolent, qui n'est pas chevalier ; toutefois, irrité par les cris de ce majordome, il tire son épée et lui en assène un coup sur la tête. Puis, invoquant sa dame, il s'élance de nouveau sur le vilain qui, en guise de bouclier, saisit instinctivement un des coussins de la voiture. Les deux épées se lèvent menaçantes et...

Ici, Cervantès interrompt brusquement son récit, et prend la parole. Ce qu'il a raconté de la personne de don Quichotte, il l'a emprunté, dit-il, à un manuscrit arabe qui se termine juste à l'instant où les deux antagonistes vont se pourfendre.

Le voilà bien en peine ; mais il ne peut se persuader que ce soit là toute l'histoire du fameux don
Quichotte de la Manche. Il est convaincu qu'il y a
une suite, et le voilà cherchant, fouillant les biblio-
thèques, en vain. Un jour, se trouvant chez un marchand, un jeune garçon vient offrir de vieux papiers
écrits en caractères arabes, qu'il achète. Il se met
en quête d'un Maure qui puisse le renseigner sur le
contenu de son acquisition, et il en trouve un qui,
ayant à peine jeté les yeux sur le manuscrit, éclate
de rire. Cervantès l'interroge sur la cause de sa
gaieté, et il apprend qu'il vient de retrouver l'histoire de don Quichotte, écrite par Cid Hamet Ben-
Engeli, historien arabe.

D'où vient ce caprice ? pour quelle cause Cervantès semble-t-il renoncer à sa paternité ? Par fantaisie d'abord ; puis, laissons-le parler :

« Si quelques objections pouvaient être soulevées à propos de cette histoire, elles auraient sans doute pour
fondement que l'auteur était arabe, et que le mensonge
est commun chez cette nation. Mais les Maures sont si bien
nos ennemis que l'on peut supposer qu'ils ont plutôt
retranché qu'ajouté aux aventures de don Quichotte, du
moins c'est mon opinion, car l'auteur s'abstient, lorsqu'il
aurait pu lâcher la bride à sa plume, de prodiguer des
louanges à notre bon chevalier. C'est là une partialité
blâmable et encore plus malavisée. Les historiens, au lieu
de se passionner, sont tenus d'être fidèles et exacts. Ni
l'intérêt, ni la peur, ni la rancune, ni l'amitié ne doivent
détourner du chemin de la vérité dont la mère est l'histoire,
émule du temps, dépôt des événements, témoin du passé,
exemple du présent et expérience de l'avenir. »

Après ces sages conseils aux historiens, Cervantès
reprend son récit.

Les deux antagonistes ont l'épée levée, ils semblent, dans leur fureur, menacer le ciel, la terre, l'enfer, tout en eux respire l'ardeur et la fierté. Le premier qui frappe est l'irascible Biscayen, et si don Quichotte n'eût paré le coup, c'en était fait de lui. Ce coup formidable atteignit l'épaule du chevalier, emportant une partie de la salade de son casque et un morceau d'oreille. Plein de rage, le héros se dresse sur ses étriers, saisit son épée à deux mains, et la fait tomber d'un tel poids sur la tête de son antagoniste, qu'on eût dit une montagne qui s'écroulait. Le Biscayen est renversé. Alors don Quichotte saute à bas de Rossinante, et il eût achevé son ennemi, tant la colère l'aveuglait, si la dame du carrosse ne lui eût demandé sa grâce. Don Quichotte octroie ce qui lui est demandé, à la seule condition que le vaincu ira rendre hommage à Dulcinée, ce à quoi la dame s'engage pour lui.

Sancho, qui s'était relevé, et avait vu combattre son maître, en priant pour qu'il fût vainqueur, vint, aussitôt qu'il vit la bataille terminée, s'agenouiller devant lui, tandis que le carrosse et la cavalcade s'éloignaient.

« Plaise à Votre Grâce, Seigneur, dit-il, de me donner le gouvernement de l'île que vous venez de gagner dans ce rude combat. Si grande qu'elle soit, je me sens de force à la gouverner aussi bien que n'importe quel gouverneur d'îles au monde.

— Remarquez, frère Sancho, répond le chevalier, que les aventures de ce genre ne sont pas des aventures d'îles ; ce sont des aventures de carrefours, dans lesquelles on ne gagne que d'avoir la tête cassée ou l'oreille coupée. Ayez patience ; il se présentera des occasions où non seulement

je pourrai vous faire gouverneur, mais bien autre chose
encore. »

Don Quichotte se remet en route, et pénètre dans
un bois. Il avance d'une allure si rapide que Sancho,
qui a peine à le suivre, est forcé de lui crier de l'attendre. C'est que le brave écuyer a quelques inquiétudes, il sent bien que son maître est sorti des usages
ordinaires en attaquant des voyageurs sur la grande
route, et il se demande si, instruite du fait, la Sainte
Hermandad ne va pas mettre ses archers à leurs
trousses. Son maître le rassure ; jamais, dans aucun
des livres qu'il a lus, la police ne s'est mêlée des
affaires de chevalerie. A ce propos, don Quichotte
s'exalte, et il demande à son écuyer s'il a jamais lu
qu'un chevalier ait eu plus de fougue, plus de sang-
froid, plus d'adresse qu'il vient d'en montrer. Et
Sancho de répondre que la vérité l'oblige à déclarer
qu'il n'a jamais rien lu, attendu qu'il ne sait pas
lire et encore moins écrire. Seulement, ajoute-t-il :

« ... Je gagerais, sans crainte de perdre, que je n'ai
jamais servi, dans tout le cours de ma vie, un maître aussi
hardi que Votre Grâce, et Dieu veuille que ces hardiesses ne
se paient pas là où j'ai dit ! Pour le quart d'heure, ce dont
je prie Votre Grâce, c'est qu'elle se soigne ; il coule beaucoup
de sang de cette blessure à l'oreille. J'ai dans mon bissac de
la charpie et un peu d'onguent blanc.
— Tout cela serait bien inutile, réplique don Quichotte,
si j'avais songé à préparer une fiole du baume de Fier-à-
bras ; avec une seule goutte, nous épargnerions le temps et
les médecines.
— Quelle fiole et quel baume sont-ce là ? demande Sancho.
— C'est un baume, répond don Quichotte, dont je possède la recette de mémoire et avec lequel il n'y a plus à
craindre la mort. Aussi, quand je l'aurai préparé et que je

te l'aurai donné, — si tu vois qu'en un combat on me fende par le milieu, comme la chose arrive fréquemment, — tu ramasseras avec précaution la partie de mon corps qui sera tombée par terre et tu te dépêcheras, avant que le sang se glace, de la poser sur l'autre moitié restée en selle, en ayant soin de les bien ajuster. Ensuite, tu me donneras à boire deux gorgées du susdit baume et tu me verras devenir plus sain qu'une pomme.

— Si la chose est certaine, s'écrie Sancho, je renonce dès aujourd'hui au gouvernement de l'île promise et je ne veux autre chose, en payement de mes nombreux et bons services, que la recette de cette merveilleuse liqueur dont parle Votre Grâce. Je suis sûr qu'on pourra la vendre n'importe où à plus de deux réaux l'once, et il ne m'en faudra pas davantage pour passer ma vie d'une façon tranquille et honorable. Il s'agit de savoir si elle coûte beaucoup à préparer.

— Avec moins de trois réaux, on en peut préparer plusieurs pintes.

— Pécheur que je suis ! s'écrie Sancho, qu'attend donc Votre Grâce pour la fabriquer et me donner le secret ?

— Patience, ami, répond le chevalier ; je pense te révéler de plus grands secrets encore et te combler de plus grandes faveurs. Pour le quart d'heure, pansons-nous, — l'oreille me cuit plus que je ne voudrais. »

Le pansement est opéré ; mais don Quichotte s'est aperçu que sa salade a été endommagée ; l'épée levée vers le ciel, il fait serment de ne point manger de pain sur une nappe, de s'imposer mille privations tant qu'il n'aura pas tiré vengeance de celui qui est cause de ce dommage. Et, toujours cheminant, les deux aventuriers reprennent leur conversation, plaisante par le contraste. De toutes les choses don Quichotte ne voit que le côté idéal, poétique, et Sancho que le côté pratique. Tout à ses chimères, le chevalier instruit son écuyer des règles, des merveilles de la chevalerie. La nuit vient, aucune habi-

tation n'est en vue, et don Quichotte se réjouit de
dormir à la belle étoile, ce qui est moins du goût
de Sancho. Enfin apparaissent au loin des cabanes
de chevriers, et Sancho réussit à entraîner son maître
de ce côté.

X

L'AGE D'OR.

Les deux aventuriers sont accueillis avec cordialité par les chevriers, et Sancho, après avoir accommodé de son mieux Rossinante et le grison, est attiré par l'odeur qui se dégage d'une marmite où cuisent plusieurs quartiers de chèvres. On étend des peaux de brebis sur le sol, puis le maître et l'écuyer sont invités à prendre place à cette table rustique. On offre à don Quichotte, comme siège, un baquet retourné, et Sancho se tient près de lui afin de le servir. Son maître, le voyant ainsi debout, prend la parole :

« Afin que tu juges, Sancho, dit-il, le bien que renferme la chevalerie errante et combien ceux qui la servent de près ou de loin sont honorés et estimés, je veux que tu te places à mon côté, à la table de ces braves gens, et que tu sois confondu avec moi qui suis ton maître et ton seigneur naturel. Je veux que tu manges dans mon plat et que tu boives dans ma coupe ; car on peut dire de la chevalerie errante qu'elle rend les conditions égales.

— Grand merci, répond le prosaïque Sancho ; mais je dois avouer à Votre Grâce que, pourvu que j'aie de quoi me mettre sous la dent, je mangerai aussi bien seul et debout qu'assis aux côtés d'un empereur. Et même, s'il faut dire toute la vérité, je trouve bien meilleur ce que je mange dans mon coin sans cérémonie, fût-ce du pain et un oignon, que les dindes d'une de ces tables où il me faudrait mâcher

avec lenteur, boire avec modération, m'essuyer à chaque
bouchée, sans éternuer ni tousser, s'il m'en venait l'envie.
Ainsi, seigneur, l'honneur que Votre Grâce veut m'accorder
au nom de la chevalerie, à laquelle je suis adhérent comme
votre écuyer, je la prie de le changer en toute autre faveur
qui me soit moins gênante et de plus de profit. Bien qu'ils
me flattent, je renonce à ces honneurs jusqu'à la fin du
monde. »

On devine la surprise des chevriers en entendant
ce jargon de chevalier et d'écuyer errant ; mais ils
se contentent de regarder leurs hôtes tout en dévo-
rant. Le service des viandes terminé, la moitié d'un
fromage sec et des glands doux sont apportés. Tout
à coup, don Quichotte saisit une poignée de ces
fruits, les contemple comme attendri, puis dit :

« Heureux âges et heureux siècles que ceux désignés
par les anciens sous le nom *d'âge d'or*, non parce que l'or,
si estimé dans notre âge de fer, pouvait se recueillir sans
travail, mais parce que ceux qui vivaient alors ignoraient
ces deux mots : le tien et le mien ! Dans ces temps heureux, tout était commun. Il suffisait à chacun, pour se procurer les aliments indispensables au soutien de la vie, de
lever la main pour les cueillir sur les chênes robustes, qui
offraient avec prodigalité leurs fruits doux et savoureux.
Les claires fontaines et le lit des rivières donnaient en
abondance à l'homme leurs eaux limpides et fraîches. Dans
les anfractuosités des rochers ou dans le creux des arbres,
les abeilles diligentes établissaient leur république et
livraient au premier venu la fertile récolte de leur doux
travail. Les lièges audacieux se dépouillaient d'eux-mêmes,
comme par courtoisie, de leurs longues et légères écorces
qui servaient à recouvrir les maisons, alors soutenues par
des poutres rustiques, et uniquement élevées pour mettre
les mortels à l'abri de l'inclémence des saisons. Tout était
paix, alors, amitié et concorde. Le fer recourbé de la char-
rue n'avait pas encore ouvert les saintes entrailles de notre
première mère, qui, sans y être forcée, étalait sur son sein
fertile et vaste de quoi satisfaire, alimenter et réjouir les

fils qu'elle portait. C'est dans ce temps que les parures des belles pastourelles ne ressemblaient guère à celles en usage aujourd'hui, que la pourpre de Tyr ou la soie enrichissent. C'étaient des feuilles de bardanes et de lierre entrelacées ; ainsi vêtues, elles se montraient aussi fières, aussi brillantes que nos dames de cour avec les rares et étranges inventions que la curiosité oisive leur suggère. Alors les passions de l'âme candide se manifestaient avec simplicité, comme elles se ressentaient, sans qu'on cherchât de vains artifices de langage pour les exagérer. La fraude, la tromperie, la malice, ne se mêlaient pas à la vérité ou à la franchise. La justice était ce qu'elle doit être, sans que la faveur ou l'intérêt qui la persécutent et l'amoindrissent aujourd'hui osassent l'offenser ou la troubler. La prévarication de la loi ne troublait pas encore la conscience du juge, car il n'y avait pas de coupables à juger..... Mais les méfaits ont cru avec le temps ; c'est pourquoi il fallut instituer l'ordre des chevaliers errants pour défendre les jeunes filles, protéger les veuves, secourir les orphelins et les malheureux. J'appartiens à cet ordre, chevriers mes frères, et je vous remercie du gracieux et cordial accueil que vous m'avez fait, ainsi qu'à mon écuyer. »

Les chevriers écoutèrent parler don Quichotte sans l'interrompre, sans trop comprendre son éloquent discours. Plus heureux qu'eux, nous pouvons admirer ici Cervantès parlant par la bouche de son héros, et ajoutant une merveilleuse description à celle que nous possédons sur l'âge d'or. Ce morceau est parfait en espagnol, et donné comme un modèle de style élevé. De même que toutes les œuvres du génie, il perd un peu en changeant de parure, c'est-à-dire en étant traduit.

Pour les idées, c'est autre chose. Néanmoins, ne l'oublions pas, les découvertes modernes de la science, l'étude approfondie de l'homme préhistorique, ne nous laissent plus guère d'illusions sur les bonheurs des hommes du passé. L'âge d'or de l'humanité, celui du respect de la faiblesse, de la justice, du droit, celui de la véritable liberté, pourrait bien au fond être le nôtre, si imparfait qu'il soit. L'opinion publique est, de nos jours, un tribunal naturel qui tient tous les autres en échec, qui ne permet plus que l'on opprime, que l'on bâillonne l'innocent. La dignité morale s'est élevée à une hauteur qu'elle n'avait jamais atteinte en aucun temps et, au lieu d'être un privilège pour quelques citoyens, elle est celui de tous. Jamais la solidarité humaine n'a été plus grande, plus sincèrement proclamée. Le monde marche, et bien qu'encore défectueux, c'est certainement en avant de nous que se trouve l'âge d'or, et non dans la rudesse des siècles passés.

Revenons à don Quichotte et à Sancho, bien que Cervantès, usant d'un artifice dont il a déjà abusé dans la *Galatée* et qui sera longtemps de mode après lui, introduise ici un épisode qui va suspendre, couper l'intérêt de son récit. Il s'agit d'une bergère dont la beauté tourne toutes les têtes, et qui reste insensible même devant ceux de ses adorateurs que le chagrin de ne pouvoir l'attendrir pousse à la mort. Les chevriers doivent assister à l'enterrement de l'un de ces malheureux, et le chevalier les accompagne. Chemin faisant, on rencontre des voyageurs qui, par curiosité, suivent la bande. Un de ces voyageurs, surpris de l'étrange équipement de don Quichotte, lui demande pourquoi il se promène armé de pied en cap dans un pays si tranquille.

« Ma profession, répond don Quichotte, ne me permet pas

d'aller d'autre façon. La bonne chère, les fêtes et le repos ont été inventés pour les courtisans amollis ; mais le travail, les inquiétudes et les armes sont l'apanage de ceux que le monde nomme chevaliers errants, à l'ordre desquels, tout indigne que j'en suis, j'ai l'honneur d'appartenir. »

Le voyageur et ceux qui l'accompagnent ne peuvent en douter, ils sont en présence d'un fou, et songent à s'en amuser. Don Quichotte, interrogé sur la chevalerie, en rappelle la fondation par le roi Arthur d'Angleterre. Il énumère les hauts faits des chevaliers de la Table ronde, ceux de ses héros aux aventures imaginaires, les Amadis, les Florismars d'Hyrcanie, les Tirant-le-blant, les Bélianis ; il termine en déclarant qu'il pratique ce que ces héros ont pratiqué, et que c'est pour cette cause qu'il parcourt les solitudes à la recherche d'aventures, voulant consacrer son bras et sa personne à secourir les faibles et les malheureux.

Don Quichotte divague ; mais avec quelle générosité et quelle bonté ! Au fond, tout ce qu'il dit est plein de raison et prouve la tendresse de son cœur et la charité de son âme. Ecoutons-le de nouveau, il y a, tout à la fois, amusement et aussi profit à le faire. « Il me semble, lui a dit le voyageur, que vous avez choisi une des professions les plus rudes qui existent sur la terre, et je tiens pour certain que la règle des chartreux est à peine aussi dure. »

« Aussi dure, cela se peut, répond don Quichotte ; mais aussi nécessaire au monde, je suis à deux doigts de le mettre en doute, s'il est vrai que le soldat, exécutant l'ordre transmis par son capitaine, ne fait pas moins que le capitaine auquel il obéit. Je veux dire par là que les religieux, en toute paix et sécurité, demandent au ciel le bien de la

terre, tandis que les soldats et les chevaliers cherchent à
l'assurer. Ce bien, nous le défendons par la valeur de nos
bras et le tranchant de nos épées ; non sous l'abri d'un toit,
mais à ciel découvert, en butte aux rayons insupportables
du soleil d'été ou aux glaces hérissées de l'hiver. D'où il
résulte que nous sommes les ministres de Dieu sur la terre,
et les bras dont il se sert pour exécuter ses actes de justice. Et comme les choses de la guerre ne se peuvent exécuter sans suer sang et eau, il en résulte que les guerriers
ont une plus rude tâche à remplir que ceux qui, dans la
paix et la sécurité, se contentent de prier Dieu sans secourir les faibles. Je ne prétends pas et il ne me vient même
pas à la pensée d'insinuer que l'état de chevalier soit
aussi bon que celui de moine cloîtré ; j'infère seulement de
mes privations que cet état est plus dur, plus dangereux,
plus famélique, plus misérable et plus exposé aux hail-
lons et à la vermine, car il est certain que tous les chevaliers errants ont passé de pénibles moments pendant
leur vie. »

Qui ne sent, dans ces lignes, que c'est le vieux et
vaillant soldat de Lépante qui tient la plume, et
comment ne pas applaudir à son légitime orgueil ?
Le voyageur, émerveillé par le mélange de folie et
de vaine raison de son interlocuteur, continue à
l'interroger, et le chevalier répond toujours avec
autant d'à propos que de courtoisie. Enfin on atteint
l'endroit où doivent se célébrer les obsèques du
berger, et nous laisserons de côté ce long hors-
d'œuvre pour ne pas abandonner nos deux plaisants
aventuriers.

XI

LE BAUME DE FIER-A-BRAS. — SANCHO BERNÉ. — TER-
RIBLE COMBAT CONTRE DES TROUPEAUX DE MOUTONS. .

Donc le soi-disant sage Cid Hamet Ben-Engeli
raconte qu'après s'être séparé des chevriers, don
Quichotte et son écuyer traversent un bois. Ils
débouchent dans une prairie émaillée d'herbes fraîches et arrosée par un ruisseau paisible, dont la vue
les invite au repos. Ils mettent pied à terre et, con-
naissant leur humeur douce, laissent Rossinante et
le grison paître en liberté.

Par malheur, à quelque distance de leur bivouac
se trouvent des muletiers Yangois qui surveillent
une bande de chevaux. Attiré par cette compagnie,
Rossinante prend soudain un trot coquet et se dirige
vers la troupe de ses semblables, qui, mal disposés,
l'accueillent par des ruades et des morsures. De leur
côté, les muletiers, voyant cet intrus troubler le
repos de leurs bêtes, le poursuivent à coups de bâton
pour le chasser, et le renversent sur le sol. Témoins
de cette brutalité, don Quichotte et Sancho accourent.

— A ce que je vois, ami Sancho, s'écrie don
Quichotte indigné, ces gens-là ne sont pas des chevaliers, mais des rustres. Tu peux donc m'aider à tirer
vengeance de l'insulte qu'ils viennent de faire à mon
cheval.

— Quelle diable de vengeance voulez-vous que nous prenions ? répond Sancho, ils sont vingt, et nous sommes deux, voire à peine un et demi.

— Je compte pour cent ! s'écrie le chevalier qui, l'épée à la main, se précipite sur les muletiers.

Sancho, excité, entraîné par l'exemple de son maître, le seconde aussitôt. Le premier coup porté par don Quichotte a fendu la casaque de cuir d'un muletier, lui a meurtri l'épaule. Ses camarades saisissent leurs pieux et fondent sur les assaillants. Dès le second coup, Sancho roule à terre, où son maître ne tarde guère à le suivre, ce qui montre la force avec laquelle frappent les pieux lorsqu'ils sont maniés par des mains rustiques que la colère rend encore plus pesantes. Toutefois, un peu calmés et même effrayés à la vue de leur ouvrage, les Yangois reprennent leur chemin, laissant le maître et l'écuyer très maltraités.

Le premier à se plaindre est Sancho :

« — Seigneur don Quichotte ! aïe ! seigneur don Quichotte, dit-il d'une voix dolente.

— Que veux-tu, frère Sancho ? répond le chevalier sur le même ton lamentable.

— Je voudrais, reprend Sancho, que Votre Grâce me donnât deux gorgées de cette boisson de Fier-à-bras dont vous m'avez parlé, si vous en avez sous la main. Peut-être sera-t-elle aussi bonne pour les os cassés que pour les blessures.

— Si j'en avais, répond le chevalier, que nous manquerait-il ? Mais, avant deux jours, je serai pourvu de ce baume.

— Dans combien de temps Votre Grâce croit-elle donc que nous pourrons remuer les pieds ? demande l'écuyer.

— Pour ma part, répond le moulu chevalier, je ne saurais fixer d'époque. C'est ma faute, je ne devais pas tirer l'épée contre des vilains, et c'est pour avoir manqué à cette loi que j'ai reçu ce châtiment. Sois donc bien averti, frère Sancho, que lorsque tu verras semblables canailles nous insulter, tu ne dois plus t'attendre à ce que je tire l'épée. Toi, c'est autre chose, châtie-les tout ton soûl. Et si des chevaliers accourent à leur défense, je saurai les contenir. »

Sancho ne goûte guère le conseil.

« Seigneur, dit-il à son maître, je suis un homme doux, pacifique, tranquille, et je sais avaler une injure, car j'ai une femme à soutenir et des enfants à élever. Aussi, que Votre Grâce soit bien avertie de son côté, car je ne puis lui donner d'ordre, qu'en aucune façon je ne mettrai l'épée à la main ni contre vilains ni contre chevaliers, et que, d'ici à l'heure de paraître devant Dieu, je pardonne toutes les insultes qui m'ont été ou doivent m'être faites; que ceux qui me les ont faites, font ou feront, soient de haute ou de basse condition, riches ou pauvres, nobles ou manants. »

Pour consoler Sancho, ce qui du reste ne le console pas le moins du monde, son maître lui raconte tous les malheurs arrivés à de célèbres chevaliers. Enfin on s'occupe de se remettre en route, et Rossinante étant incapable de porter son maître, celui-ci est placé sur le grison. Sancho saisit le licou, et, clopin-clopant, on défile à travers la plaine, causant de la mésaventure dont on vient d'être victime. Sancho doit prendre courage, se préparer à défendre l'île dont il sera quelque jour possesseur, et il faut entendre son bon sens aux prises avec la folle imagination de son maître. L'esprit de générosité est du côté de don Quichotte; la raison, bien qu'égoïste, du côté de Sancho. Et cependant, elles sont si nobles, si élevées les pensées du vaillant hidalgo, qu'elles finissent toujours par séduire, par entraîner son écuyer.

On aperçoit enfin une hôtellerie, vers laquelle on se dirige. Bientôt, dans cette auberge, don Quichotte, selon sa coutume, croit voir un important château. Sancho, qui apprécie mieux les choses, essaie de désabuser son maître et n'y parvient pas.

A la vue des hôtes qui lui arrivent, l'hôtelier et son personnel accourent, et l'écuyer est interrogé sur la cause du mauvais état dans lequel se trouve son maître. Il ne juge pas bon de dire la vérité, et raconte que le chevalier a roulé avec son cheval du haut d'une roche hérissée de pointes. Aussi, grâce à la charité d'une servante, nommée Maritorne, don Quichotte est couvert d'emplâtres.

— S'il reste un peu d'étoupes, dit Sancho, qu'on me la réserve, car moi aussi j'ai les reins endoloris.

— Êtes-vous donc tombé comme votre maître ?

— Non, répond le rusé Sancho, mais le voir tomber m'a causé une telle émotion qu'il me semble avoir reçu mille coups de bâton.

Hélas ! grâce à l'intarissable imagination de Cervantès qui enlace en se jouant les incidents les plus imprévus et les rend vraisemblables, le château ou l'hôtellerie, car sur ce point les deux héros n'étaient toujours pas d'accord, devait leur laisser de pénibles souvenirs.

La nuit venue, tourmenté à la fois par la fièvre et ses lubies, don Quichotte se croit en lutte avec un enchanteur. Il se lève, se débat, appelle, défie des ennemis imaginaires, voit des fantômes dans les gens qui accourent. Sancho, dans l'obscurité, se gourme avec un muletier, et les deux combattants roulent sur don Quichotte. Les coups pleuvent, c'est un massacre. Enfin, quand le jour paraît, un peu d'ordre se rétablit; mais don Quichotte reste persuadé qu'il a été victime d'un Maure enchanteur.

C'était le cas, ou jamais, de fabriquer le fameux baume de Fier-à-bras, et, sur les instances de Sancho, don Quichotte se met à l'œuvre; il fait bouillir de l'huile, du sel, du romarin, puis s'administre un peu de cet étrange baume. L'effet est rapide, le chevalier est pris de hauts-le-corps; puis, fatigué, épuisé, s'endort. Au bout de trois heures il se réveille si frais, si dispos, que la vertu du baume merveilleux qu'il a préparé est en quelque sorte prouvée, palpable, aussi Sancho en réclame-t-il une petite dose. Par malheur son estomac, plus solide que celui de son maître, refuse de rendre ce qui lui a été confié, et le pauvre écuyer, en proie à des nausées, à des sueurs froides, se croit à la veille de mourir et maudit le baume et son inventeur.

— Tout ce mal, lui dit son maître, doit venir de ce que tu n'es pas armé chevalier.

— Puisque Votre Grâce savait cela, dit Sancho, pourquoi m'a-t-elle permis d'y goûter?

Tandis que Sancho souffre, son maître, ragaillardi, songe que sa place est en pleine campagne, en quête de torts à redresser. Il selle son cheval et bâte l'âne, sur lequel il aide son écuyer à se hisser. Au moment de partir, don Quichotte remercie courtoisement l'hôtelier qu'il tient pour un châtelain de sa gracieuse hospitalité, et lui offre, en échange de ses nobles procédés, de le venger des injures qui peuvent lui avoir été faites. L'hôtelier déclare savoir, dans ces cas, se venger lui-même, et réclame le prix des dépenses. Don Quichotte le regarde avec mépris, éperonne Rossinante, et s'éloigne. Sancho s'apprête à le suivre ; mais il est retenu par l'aubergiste, lequel demande à être payé. L'écuyer répond que, pour rien au monde, il ne veut changer les bonnes coutumes des chevaliers errants, et refuse de délier les cordons de sa bourse. L'hôtelier fait signe à des ouvriers logés chez lui, et, en un clin d'œil, Sancho est enlevé de dessus son âne par ces bons apôtres, qui le déposent au milieu d'une couverture. Celle-ci, tenue par les coins et secouée, envoie bientôt le pauvre écuyer en l'air.

Sancho crie comme un possédé, il appelle son maître qui revient à la hâte sur ses pas. La porte de la cour de l'auberge a été fermée ; mais, par-dessus le mur, le chevalier voit son écuyer voltiger dans les airs. Il défie, insulte ceux qui bernent le pauvre Sancho, et ils ne prennent nullement garde à lui. Enfin les mauvais plaisants se lassent, replacent l'écuyer tout étonné sur son grison, le mettent dehors. Triste, penaud, moulu, écœuré, il rejoint son maître qui lui dit :

« Je commence à me persuader, mon bon Sancho, que cette forteresse ou ce château est enchanté... Ce qui me confirme dans cette idée, c'est que j'étais tout à l'heure cloué sur ma selle, comme ensorcelé, sans cela, je t'aurais vengé de ces malandrins.

— Moi aussi, j'aurais voulu me venger, répond Sancho ; par malheur je n'ai pas pu... Ce qui ressort pour moi de tout cela, c'est que ces aventures, que nous allons cherchant, nous conduiront petit à petit à de telles mésaventures que nous ne pourrons plus distinguer notre pied droit. »

Don Quichotte réconforte son écuyer, ranime son espoir, fait briller à ses yeux le gouvernement de l'île promise, et Sancho mord de nouveau à l'hameçon. En ce moment, sur la route, se montre au loin un nuage de poussière. « Pour le coup, s'écrie don Quichotte, voici une aventure de profit. Cette poussière est produite par une armée qui s'approche. — Il doit y en avoir deux, répond Sancho, car il y a aussi de la poussière derrière nous. Don Quichotte se retourne, voit que son écuyer a dit vrai, et se réjouit. La première armée, à son dire, est conduite par le grand empereur Alifanfaron, et la seconde par le roi des Garamantes, Pentapolin à la manche retroussée. — Pourquoi s'en veulent-ils ? demande Sancho. — Alifanfaron est un païen, répond don Quichotte, et il veut enlever la fille de Pentapolin ; celui-ci veut bien la donner, mais il désire que, préalablement, son gendre se fasse chrétien. — Il a raison, répond Sancho, et je suis prêt à l'aider.

Les deux aventuriers gravissent une éminence, et don Quichotte, voyant une fois de plus ce qui n'existe pas, dit à son écuyer :

« Ce chevalier que tu vois là-bas, couvert d'armes dorées et dont l'écu porte un lion couronné, couché aux pieds d'une damoiselle, est le valeureux Laurcalco, seigneur du Pont d'argent. L'autre, aux armes semées de fleurs d'or, dont l'écu porte trois couronnes d'argent sur fond d'azur, est le terrible Micocolambo, grand-duc de Quirocia. Celui qui marche à sa droite, et dont les membres sont gigantesques, est l'intrépide Brandabarbaran de Boliche, seigneur des trois Arabies. Il est revêtu d'une peau de serpent, et son écu est une porte qui, d'après la renommée, est l'une de celles du temple renversé par Samson lorsqu'il mourut, pour se venger de ses ennemis. Regarde de ce côté, maintenant, et tu verras, devant toi, à la tête de l'autre armée, le vainqueur invaincu Timonel de Carcassonne, prince de la nouvelle Biscaye. Son armure est ornée de bandes bleues, vertes, blanches, jaunes, et son écu porte un chat sur un champ lionné avec le mot *Miau*, qui forme la première syllabe du nom de sa dame, l'incomparable Miaulina, fille, dit-on, du duc Alfénique d'Algarbe. Cet autre, qui charge et fatigue les reins d'une puissante jument, dont les armes sont blanches comme la neige et l'écu sans devise, est un chevalier novice, Français de nation : il se nomme Pierre Papin, seigneur des baronnies d'Utrique. Celui dont les talons garnis de fer battent les flancs d'un zèbre rayé et léger, dont les armes sont semées de coupes d'azur, est le puissant duc de Nerbie, Espartafilo du Bocage ; il porte une asperge sur l'écu avec une devise espagnole : *Rastrea mi suerte* (Mon sort rampe). »

Sans reprendre haleine, emporté par son étrange folie, don Quichotte continue à désigner les nombreux chevaliers des armées qu'il croit voir, leur donnant à tous des armes, des couleurs, des devises que son vif esprit improvise.

« Cet escadron, qui nous fait face, est composé de gens de diverses nations : voici les peuples qui boivent les douces eaux du Xanthe fameux ; les montagnards qui foulent les champs massiliens ; ceux qui criblent la fine poudre d'or dans l'Arabie heureuse ; ceux qui habitent les fraîches et célèbres rives du clair Thermodon ; ceux qui divisent et entraînent, dans une multitude de canaux, le cours du Pactole doré. Voici le Numide aux promesses perfides ; les Perses, renommés pour leurs arts et leurs flèches ; les Parthes et les Mèdes qui combattent en fuyant ; les Arabes aux tentes mobiles ; les Scythes cruels à la peau blanche ; les Éthiopiens aux lèvres percées, et mille autres nations dont je connais et vois les visages, bien que je ne puisse me souvenir de leur nom. Dans cet autre escadron s'avancent les guerriers qui boivent les eaux courantes et cristallines du Bétis, bordé d'oliviers ; ceux qui baignent et polissent leurs visages dans l'onde toujours riche et dorée du Tage ;

Combat contre des troupeaux de moutons. — Sancho panse Don Quichotte.

ceux qui boivent les eaux bienfaisantes du divin Génil ;
ceux qui foulent les pâturages abondants des champs Tar-
tésiens ; ceux qui se prélassent dans les prairies élyséennes
de Xérès ; les riches Manchois, couronnés de blonds épis ;
puis ceux qui sont vêtus de fer, antiques descendants des
Goths. Voici les hommes qui se baignent dans le Pisuerga,
célèbre par son courant paisible ; ceux qui font paître leurs
troupeaux dans les immenses pâturages du tortueux Gua-
diana, au cours mystérieux ; ceux qui tremblent sous la
froide haleine des Pyrénées ou sur les sommets neigeux de
l'Apennin, enfin tous les peuples que l'Europe renferme. »

Que de provinces énumère don Quichotte ! que de
nations il nomme ! Ici, Cervantès s'est souvenu certainement des fameux dénombrements d'Homère,
et il a égalé son brillant modèle. Quant à Sancho
Pança, il écoutait bouche béante les paroles de son
maître, se tournait et se retournait, cherchant à
découvrir ce qui lui était si bien décrit.

— « Je me donne au diable, seigneur, s'écrie-t-il enfin,
si un seul homme, un seul géant, un seul chevalier de ceux
que vous nommez se montre par ici. Ce sont des enchantements et des fantômes, comme ceux de cette nuit.
— Comment peux-tu proférer une telle énormité ? lui
répond son maître ; n'entends-tu pas hennir les chevaux,
les trompettes sonner, les tambours battre ?
— Je n'entends autre chose, répond l'écuyer, que de nombreux bêlements de moutons et de brebis.
— La peur te trouble l'esprit, lui dit son maître ; reste
ci pendant que je vais combattre ; mon bras donnera la
victoire au parti dans lequel je me rangerai. »

Le chevalier éperonne sa monture, reste sourd
aux cris de Sancho qui lui crie de prendre garde,
qu'il va combattre des moutons, et, la lance en arrêt,
il pénètre dans l'escadron des brebis. Voyant
cet homme mettre à mort leurs bêtes, les bergers

déroulent leurs frondes, lui lancent des pierres qui
le renversent, et lui endommagent la mâchoire.
Croyant l'avoir tué, ils s'éloignent à la hâte ; Sancho
se rapproche du blessé. Le pauvre écuyer, au moment
de panser son maître, s'aperçoit avec douleur que
son bissac est resté dans l'hôtellerie. Il s'appuie
alors contre son âne, et, la main sur la joue, il
demeure immobile, pensif. Le voyant si abattu, don
Quichotte essaie de le consoler.

« Toutes ces bourrasques qui nous arrivent , dit-il, sont
des signes précurseurs du beau temps ; les choses, à l'avenir, tourneront mieux, car ni le bien ni le mal ne sont
durables. Ne t'afflige pas sur mes malheurs, ami, puisque
tu n'en prends pas ta part. — Comment, s'écrie Sancho, est-
ce par hasard un autre que le fils de mon père qui a été
berné, et mon bissac ne m'appartenait-il pas ?
    — Allons, patience, mon bon Sancho, Dieu ne nous aban-
donnera pas, nous qui sommes à son service, puisque nous
le voyons nourrir les vers, les mouches et les têtards, et
que sa miséricorde fait pleuvoir sur les justes comme sur
les injustes. Tâte un peu ma mâchoire supérieure qui me
fait mal, et dis-moi combien il me manque de dents du
côté droit.
    — Combien aviez-vous l'habitude d'en avoir ? demande
Sancho. — Quatre, répond don Quichotte, sans compter les
dents de sagesse. — Que Votre Grâce réfléchisse bien à ce
qu'elle dit. — Quatre, répète le chevalier.
    — Eh bien, vous n'en possédez plus que deux et demie
en bas, et, en haut, votre gencive est comme la paume de
ma main.

Le chevalier, attristé, se remet en marche silencieux, et Sancho trottine avec son âne à son côté,
essayant à son tour de le réconforter.

XII

L'AVENTURE DES FANTÔMES. — LES GALÉRIENS.

Je m'attarde un peu et je cède au plaisir de citer ;
c'est que, en dehors des *Nouvelles* intercalées par
Cervantès dans son livre immortel pour obéir à une
mode qui, je le répète, n'a dit son dernier mot
qu'au commencement de notre siècle, tout est
digne d'être mis en relief dans le *Don Quichotte*.
Néanmoins, je vais essayer d'obéir au sage précepte
qui ordonne de se borner ; mais que de fantaisies charmantes, que de philosophiques et plaisantes
reparties de Sancho il me va falloir sacrifier ! En
vérité, je ne réponds qu'à demi de mon courage
d'opérateur, et je pécherai sans doute encore plus
d'une fois.

Après la terrible aventure des moutons, la nuit
surprend les deux aventuriers qui, affamés, cheminent dans l'obscurité à la recherche d'un gîte.
Tout à coup ils aperçoivent, venant à leur rencontre,
une multitude de lumières mobiles. Sancho tremble,
et le vaillant don Quichotte est troublé ; car les
lumières se rapprochent. Ce sont des torches enflammées, portées par des hommes vêtus de longues
robes noires, entourant une litière couverte d'étoffes
de la même couleur. Ces fantômes se penchent les

uns vers les autres, et semblent se parler d'une voix
monotone, plaintive. Une soudaine réaction s'opère
dans l'âme de don Quichotte : il se croit en face d'une
de ces aventures fantastiques dont sont remplis ses
livres favoris, et, interpellant les chevaliers qu'il
voit devant lui, et qui sont montés sur des mules,
il leur demande d'où ils viennent, où ils vont, et
leur offre le secours de son bras. « Nous sommes
pressés, répond un des fantômes, et nous n'avons
pas le temps de répondre à vos questions. » En
même temps, il cherche à passer outre. Don Quichotte, blessé de cette réponse qui lui paraît peu
courtoise, saisit la mule du fantôme par le frein.
Ombrageuse, la bête se dresse sur ses pieds de derrière, et le cavalier roule à terre. Un valet, qui voit
tomber son maître, injurie le chevalier. Celui-ci,
croyant avoir affaire à des malandrins, fond la lance
en arrêt sur un des cavaliers et le renverse. Aussitôt tous les fantômes se dispersent, fuient à travers
champs. A cette vue Sancho, qui jusqu'alors s'est
prudemment tenu à l'écart, s'extasiant sur la valeur
de son maître, accourt tandis que le chevalier menace
de mort l'homme renversé qu'il interroge de nouveau. Le vaincu déclare être un pauvre moine chargé
de conduire, avec onze de ses frères, le corps d'un
gentilhomme défunt à Ségovie, où il doit être
enterré. — « Qui a tué ce gentilhomme ? demande
don Quichotte. — La mort, répond le religieux. —
Je n'ai donc pas à le venger, réplique le chevalier,
qui relève sa lance. »

Pendant ce temps, Sancho s'occupe de charger
à la hâte son âne des provisions dont les mules

abandonnées par les moines sont pourvues ; puis, cette tâche terminée, il aide son maître à remettre en selle l'homme qui a reçu le coup de lance. — Si l'on vous demande le nom de votre vainqueur, dit l'écuyer, vous pourrez répondre que c'est le vaillant chevalier don Quichotte de la Manche, nommé aussi le *chevalier de la Triste-Figure*.

— Qui t'a poussé à me donner le nom que tu viens de prononcer ? demande son maître à Sancho aussitôt qu'ils sont seuls. — La lueur de la torche qui éclairait votre visage, seigneur, et qui vous donnait la plus affreuse mine que l'on puisse imaginer. — Tu te trompes, répond don Quichotte devenu pensif : à mon avis, ce nom t'a été soufflé par quelque sage enchanteur, afin de m'égaler aux chevaliers des temps passés, qui tous ont eu des surnoms. Il y a eu le chevalier de *l'Ardente-Épée ;* je serai celui de la *Triste-Figure.*

Durant cette mémorable nuit, une aventure, encore plus périlleuse que celle des moines-fantômes, vint éprouver les deux héros. Ils entendirent soudain, à quelque distance de l'endroit qu'ils avaient choisi pour abri, un bruit inexplicable de coups mesurés, de sourds grondements. Don Quichotte, plus que jamais persuadé qu'il a été mis au monde pour rétablir l'âge d'or, veut aller reconnaître la cause de ces rumeurs. Il engage son écuyer à l'attendre pendant trois jours, le prévenant que, s'il ne le voit pas revenir à l'expiration de ce délai, il devra se rendre au Toboso, et raconter à l'incomparable Dulcinée que son fidèle serviteur est mort en voulant accomplir des choses dignes d'elle. En entendant ces recom-

mandations, Sancho, qui aime son maître, fond en
larmes. —Il est nuit, dit-il, personne ne nous voit
et ne pourra, par conséquent, nous appeler lâches ;
tenons-nous donc en repos. Puis, voyant son maître
résolu, il réclame de sa part un peu de pitié. N'a-
t-il pas quitté sa femme et ses enfants pour le suivre
et est-il juste de l'abandonner dans un lieu sinistre,
où il va mourir de peur ? Don Quichotte, tout à son
devoir, ne veut rien entendre. Alors le rustique
écuyer, pour le retenir, a recours à la ruse. Il entrave
en cachette les jambes de Rossinante, et le chevalier,
qui ne réussit pas, même en l'éperonnant, à faire
avancer sa bête, la croit soudain ensorcelée, et se
résout enfin à attendre le jour. Quand le soleil paraît,
il éclaire des moulins à foulon dont les marteaux,
s'abattant à tour de rôle, ont été cause du vacarme et
des terreurs de la nuit.

A cette vue, Sancho de rire et de répéter, en se
moquant, les pathétiques adieux que lui a faits son
maître. Celui-ci, dépité, lève sa lance avec colère, et
en applique deux coups sur les épaules du moqueur,
qui se tait aussitôt. — Que Votre Grâce s'apaise,
dit-il ; ne voit-elle pas que je plaisante ? — Et c'est
pour cela que je ne plaisante pas, moi, répond don
Quichotte. Changez ces marteaux en géants et vous
verrez si j'hésite à les attaquer. Sancho affirme qu'il
n'en doute pas, et la paix se trouve rétablie.

Ce jour-là, grâce à sa vaillance, don Quichotte fit
une précieuse conquête, en voyant venir vers lui un
chevalier coiffé, au dire de son imagination, du
célèbre armet de Mambrin. En réalité, le susdit chevalier était un barbier qui se rendait à un village

voisin. Surpris par une pluie légère, il avait eu l'idée,
pour s'en garantir, de se couvrir la tête de son plat
à barbe. Don Quichotte n'a guère de peine, on le
comprend, à mettre le pauvre barbier en fuite, et
s'empare aussitôt du plat que le *frater*, épouvanté, a
laissé choir. Le chevalier s'en coiffe, et Sancho de
rire, tout en déclarant, contre les affirmations de son
maître, que ce fameux armet est un plat-à-barbe. —
De quoi ris-tu ? lui demande le chevalier avec sévérité. L'écuyer songe aux coups de lance qu'il a reçus,
le matin, et répond avec malice : — Je ris, seigneur,
de la grosse tête que devait avoir le premier maître
de cet armet, qui ressemble tant à une savonnette de
barbier ; et il rentre ainsi dans les bonnes grâces de
son seigneur.

Pendant quatre jours les deux aventuriers cheminent sans accidents ; puis ils rencontrent une dou-
zaine d'hommes à pied, enchaînés, escortés par deux
cavaliers et deux archers.

— Voici, dit Sancho, les forçats du roi que l'on
mène aux galères. — Forçats ! s'écrie don Quichotte,
est-il possible que le roi fasse violence à personne ?

— Je ne dis pas cela, répond Sancho devenu pru-
dent, je dis seulement que ce sont là des gens qui,
en raison des délits qu'ils ont commis, ont été condamnés à servir le roi en ramant sur ses galères. —
Au résumé, répond don Quichotte, ces hommes vont
aux galères contre leur gré ? — Certes. — Alors,
ami, voilà une occasion d'exercer mon mandat, de
secourir ces malheureux.

Sancho, aussitôt, supplie son maître de se tenir
en repos, de ne pas s'attaquer aux édits du roi qui

CERVANTÈS

châtient les coupables, pour le bien de la nation. Don
Quichotte ne veut rien entendre, et demande à l'un
des soldats de l'escorte de vouloir bien lui apprendre
pour quelle cause ces hommes sont enchaînés et
emmenés. Le soldat déclare n'avoir pas le temps de
consulter le registre de leurs procès. — Interrogez
ces malheureux, ajoute-t-il, et vous saurez ce que
vous voulez connaître. Don Quichotte suit le conseil,
et chacun des condamnés proteste de son innocence,
accuse les juges d'injustice. Don Quichotte est à la
foi ému et indigné. Il s'affermit sur ses étriers, et
adresse aux galériens un discours qui, pour l'ingéniosité avec laquelle Cervantès fait ressortir à la fois
la folie et la sagesse du bon hidalgo, mérite d'être
intégralement rapporté.

« De tout ce que vous venez de me raconter, mes très
chers frères, dit don Quichotte, je conclus que, bien qu'on
vous châtie pour vos fautes, les peines que vous allez souffrir ne sont pas de votre goût, et que vous vous rendez aux
galères à contre-cœur, contre votre volonté. Puis, il peut
se faire que le manque de courage de celui-ci devant les
supplices de la torture, le manque d'argent chez celui-là,
le peu de protection rencontrée par cet autre, et enfin la
sentence erronée d'un juge. soient cause de votre perte, en
ce que vous n'avez jamais pu ranger la justice de votre côté.
Ces considérations me viennent à la fois à l'esprit, et me
conseillent, me persuadent, me forcent même de montrer
en votre faveur pourquoi le ciel m'a jeté dans le monde en
me poussant à professer l'ordre de chevalerie que je pro-
fesse, puis le vœu que j'ai fait alors de secourir les malheureux et les faibles contre l'oppression des puissants. Cependant, comme je sais qu'une partie de la prudence consiste à
ne pas employer la force là où l'on peut employer la douceur, je veux prier vos gardiens de vouloir bien vous déta-
cher et vous laisser aller en paix, attendu qu'on en trouvera
bien d'autres qui serviront le roi en de meilleures occa-

Don Quichotte et les Galériens.

sions, et qu'il me paraît cruel de rendre esclaves ceux que Dieu a créés libres. D'autant plus, messieurs les gardes, que ces pauvres gens n'ont rien fait contre vous : que chacun d'eux reste donc avec son péché ; il y a un Dieu dans le ciel qui prend soin de châtier les méchants et de récompenser les bons, et il est mal que d'honnêtes gens deviennent bourreaux de leurs semblables sans avoir à se plaindre d'eux. Je vous demande donc avec douceur la liberté de ces malheureux, afin de pouvoir vous en être reconnaissant si vous me l'accordez. Si vous ne vous y prêtez de bon gré, cette lance, cette épée et la valeur de mon bras vous y obligeront. »

Les soldats, d'abord surpris, se moquent ensuite de don Quichotte, qui se précipite sur le seul d'entre eux qui soit armé d'une arquebuse, et le pauvre homme roule sur le sol, blessé. Les autres gardiens se jettent sur don Quichotte, qui eût passé un mauvais moment, si les galériens ne l'eussent secondé, excités par l'appât de la liberté. Bientôt ils sont débarrassés de leurs chaînes, et leurs gardiens fuient. Alors don Quichotte les rassemble, les prie, en reconnaissance de ce qu'il vient de faire pour eux, de vouloir bien se rendre au Toboso pour raconter à la belle Dulcinée les hauts faits de son chevalier, après quoi ils iront où ils voudront.

Le plus habile des galériens, à savoir Ginès de Passamont, essaie de faire comprendre au chevalier que ce qu'il demande est impossible. Don Quichotte se fâche, et Ginès, qui a compris que son interlocuteur ne doit pas jouir de tout son bon sens pour l'avoir rendu à la liberté, fait un signe à ses compagnons. Tous reculent, et un si grand nombre de pierres se mettent à pleuvoir, que don Quichotte peut à peine se protéger avec son bouclier. Quant à San-

cho, il s'abrite derrière son âne. Bientôt don Quichotte est renversé, dépouillé par ses obligés, qui
font subir à son écuyer la même opération. Enfin
l'âne, Rossinante, don Quichotte et Sancho restent
seuls ; le grison, la tête basse et pensif, secouait de·
temps à autre les oreilles, croyant sans doute que la
bourrasque de pierres n'avait pas encore cessé ;
Rossinante demeurait étendu près de son maître,
qu'une pierre avait aussi renversé ; Sancho, que l'on
avait laissé en bras de chemise, tremblait à l'idée de
la Sainte-Hermandad, et don Quichotte maugréait
d'avoir été maltraité par des gens auxquels il avait
fait du bien.

XIII

DISCOURS SUR LA CARRIÈRE DES ARMES ET CELLE DES
LETTRES. — RETOUR DE DON QUICHOTTE.

L'endolori chevalier, voyant Sancho s'approcher
de lui, ne peut s'empêcher de se plaindre. — Il ne faut
jamais aider la canaille, dit-il, et cette leçon me profi-
tera. — Oui, autant que je suis Turc, réplique l'é-
cuyer qui d'autre part s'inquiète avec raison de la
Sainte-Hermandad, c'est-à-dire de l'Inquisition,
laquelle ne tient aucun compte, à son dire, des choses
de chevalerie, et qu'il serait bon de fuir. Don Quichotte résiste d'abord, puis cède. Les deux aventuriers se dirigent alors vers la Sierra Morena, et ils
trouvent un abri sous des chênes-lièges. Par malheur
Ginès de Passamont, qui a précisément cherché un
refuge dans le même endroit, aperçoit ses libéra-
teurs et les voit s'endormir. Le bandit, avec l'ingratitude ordinaire aux méchants, songe aussitôt
voler l'âne de Sancho ; s'il délaisse Rossinante, c'est
que le noble animal est trop étique pour que l'on
puisse le vendre, ou même seulement le mettre en
gage.

Quand vient l'aurore, et que Sancho ne trouve plus
son grison, doux compagnon de ses fatigues, le
pauvre homme se met à pleurer de telle façon qu'il

attendrit don Quichotte. Pour consoler son écuyer,
le bon chevalier lui promet une lettre de change de
trois ânons, à prendre sur les cinq qu'il possède
chez lui. Les larmes de Sancho commencent à sécher,
et elles se tarissent tout à fait par la trouvaille d'une
valise où il découvre cent ducats d'or, ce qui, ainsi
qu'il le déclare, est la première aventure profitable
que l'on ait encore rencontrée. Ce petit trésor, au
dire d'un pâtre que l'on aborde, appartient à un jeune
homme privé de raison qui, les vêtements en lam-
beaux, erre depuis plusieurs semaines dans la montagne, et qui, un peu plus tard, deviendra l'ami des
deux aventuriers.

En attendant, la vue des sites abrupts de la Sierra
Morena inspire peu à peu à don Quichotte l'idée de
faire pénitence et de contrefaire l'insensé, afin de
mieux ressembler aux héros de ses livres favoris. En
effet, Amadis de Gaule, le Beau Ténébreux, Roland
et tant d'autres chevaliers célèbres n'ont-ils pas été
atteints de folie ? Mais, par suite de cette résolution,
Sancho lui devenant momentanément inutile, don
Quichotte songe à l'envoyer vers Dulcinée. A sa
grande stupéfaction, le fidèle écuyer apprend alors
que la noble dame, si révérée par son maître, est
une personne qu'il connaît bien, à savoir la fille du
meunier Lorenzo. Sancho, après avoir exigé que le
chevalier commette au moins devant lui une ou
deux folies afin d'en pouvoir rendre un compte
exact à madame Dulcinée, se tient pour satisfait
après deux culbutes exécutées par son maître et se
met en route. Il arrive en vue de l'hôtellerie où il a
été berné, et rôde sans oser franchir ce seuil redou-

table. Enfin il est rencontré par les deux amis de don Quichotte, le curé et le barbier Nicolas, qui le pressent aussitôt de questions. Sancho fait le discret; toutefois, grâce à la simplicité de son esprit, il met vite les deux curieux au courant non seulement des promesses accomplies par son maître, mais de sa folie simulée, puis du message dont il est porteur pour Aldonza Lorenzo.

Les amis du vaillant chevalier, plus émerveillés que jamais du degré de son extravagance, forment le charitable dessein de se déguiser l'un en damoiselle errante, et l'autre en écuyer. La damoiselle réclamera l'aide de don Quichotte contre un persécuteur, et nul doute qu'il consente à la servir et à la protéger. Il la suivra, et, à petite journée, on le ramènera à son insu dans sa demeure, près de sa nièce et de sa gouvernante.

Une jeune dame logée dans l'auberge, instruite de ce qui se prépare, offre de prendre le rôle de suppliante, que remplirait mal le barbier. En se présentant avec le titre de princesse Micomina, elle espère, vu l'humeur de don Quichotte, obtenir ce qu'elle réclamera de lui. Elle réussit en effet, et don Quichotte, après mille incidents, est ramené dans l'hôtellerie, pleine en ce moment de voyageurs de toutes les conditions, parmi lesquels un captif évadé des prisons d'Alger, accompagné d'une jeune mauresque qui aspire à devenir chrétienne.

Le soir, à l'heure du dîner et après avoir entendu discourir plusieurs gentilshommes sur les mérites respectifs de la profession des armes et de celle des lettres, notre chevalier, dont chacun connaît les

5*

étranges lubies, prend soudain la parole, ainsi qu'il l'a fait à la rustique table des chevriers. Il prononce un long discours dont nous allons reproduire quelques parties, en essayant de leur conserver un peu de l'extrême grâce et de la noblesse qu'elles ont dans l'original, dans cette belle langue espagnole si sonore et si fière.

« En vérité, s'écrie notre hidalgo, si l'on y réfléchit, on reconnaît que ceux qui professent la chevalerie errante voient de grandes et singulières choses ! Sinon, dites-moi s'il est au monde un homme qui, en franchissant à cette heure la porte de ce château, et nous voyant assis à cette table, pourrait supposer ce que nous sommes ? Qui croirait que cette dame, qui se trouve à mon côté, est la grande reine que nous savons, et que je suis, moi, ce chevalier de la Triste-Figure que célèbre la bouche de la Renommée ? Aujourd'hui, on ne peut douter que cette profession surpasse toutes celles que les hommes ont inventées, et on doit d'autant plus estimer la chevalerie qu'elle est sujette à plus de périls. Qu'ils se retirent de ma présence ceux qui prétendraient que les lettres l'emportent sur les armes ! je leur répondrai, quels qu'ils soient, qu'ils ne savent ce qu'ils disent. Car la raison qu'ils invoquent et sur laquelle ils s'appuient le plus, c'est que les travaux de l'esprit surpassent ceux de la matière, et que les armes n'exercent que le corps. Ne dirait-on pas que cette carrière n'est qu'un métier de portefaix, pour lequel de grandes forces sont seules nécessaires ? Comme si, dans ce que nous appelons la carrière des armes, nous autres qui en faisons métier, n'était pas compris l'art des fortifications, dont la pratique demande un esprit supérieur ; ou enfin comme si le guerrier qui porte la charge du commandement d'une armée ou de la défense d'une ville assiégée, ne travaillait pas autant d'esprit que de corps. Que ceux qui en doutent essayent, avec les forces corporelles, de connaître ou de deviner le plan de l'ennemi, ses desseins, ses stratagèmes, les obstacles qu'il invente, de prévenir les maux que l'on redoute. Toutes ces actions sont des opérations de l'intelligence auxquelles le corps ne participe en rien. Or, puisqu'il est prouvé que les armes, aussi bien que les lettres, ont besoin de l'esprit, voyons lequel des deux esprits travaille le plus, de celui du guerrier ou de celui du lettré. Et ce problème peut être résolu en examinant le but vers lequel tend chacun d'eux, car on doit estimer davantage l'intention qui se propose le plus noble résultat.

« Or le but et la fin des lettres — et je ne parle pas seulement ici des lettres divines, mais des lettres humaines qui veulent le triomphe de la justice — le but et la fin des lettres, dis-je, est grand et généreux, mais moins toutefois que celui des armes, lequel a pour but la paix, le plus grand bien que les hommes puissent désirer... La paix, voilà le vrai but de la guerre, et, en cela, et par cela seul, n'est-elle pas supérieure aux lettres? »

Et don Quichotte, continuant sa harangue, trace un parallèle entre la vie du soldat et celle du lettré. Il parle en si bons termes que, peu à peu, ses auditeurs, parmi lesquels se trouvent plusieurs gentilshommes, commencent à douter qu'il soit fou. Au fond, celui qui parle est Cervantès, et il le fait avec autorité, en connaissance de cause, puisqu'il a été soldat avant d'être auteur. Ecoutons la péroraison de ce long discours, et nous allons retrouver notre ingénieux chevalier lorsqu'il s'écrie :

« Heureux les siècles bénis, mes frères, qui furent privés de l'épouvantable furie des engins endiablés de l'artillerie, dont l'inventeur, j'aime à le croire, reçoit en enfer la récompense de sa diabolique découverte! Grâce à elle, le bras d'un lâche infâme enlèvera la vie d'un vaillant chevalier. Grâce à elle, sans qu'on sache comment ni par où, à l'heure où la colère et l'audace animent et enflamment les cœurs valeureux, un boulet inattendu, lancé par un être qui aura peut-être fui, épouvanté par l'éclair sorti de la maudite machine, viendra couper et anéantir en une minute les pensées et la vie d'un soldat digne d'en jouir durant de longs siècles ! Aussi, pour cette considération, suis-je prêt à dire que je regrette du fond de mon âme d'avoir adopté la profession de chevalier errant à une époque aussi détestable que la nôtre ; car, bien qu'aucun péril ne me fasse peur, je ne songe pas sans crainte que la poudre et le plomb peuvent m'enlever l'occasion de me distinguer par la valeur de mon bras et le fil de mon épée, dans tout le monde connu. »

Cette longue harangue, prononcée par don Quichotte, plut beaucoup à ceux qui l'entendirent, et tous s'attristèrent qu'un homme qui, en apparence, possédait un si bon jugement et raisonnait si juste, déraisonnât dès qu'il était question de chevalerie.

Aussitôt après le discours du chevalier, le fugitif des prisons d'Alger est prié de raconter son histoire, et en même temps celle de la jeune femme dont il est accompagné. Cette histoire, on le comprend, est en grande partie celle de Cervantès lui-même. Après ce récit en vient un autre, lequel amène, entre les assistants, une suite de reconnaissances imprévues. Ces rencontres, si elles sont sur quelques points un peu forcées, prouvent néanmoins l'intarissable richesse d'imagination de leur inventeur.

Au milieu de ces coups de théâtre, d'où résultent des réconciliations inattendues, et l'explication d'inexplicables mystères, don Quichotte se croit plus que jamais dans un château enchanté, où les aventures et les mésaventures se succèdent avec un entrain qui révèle, pour lui, l'influence occulte de puissants magiciens. Toutefois, il a hâte de partir, car il lui tarde de se mesurer avec le géant qui persécute l'infante Micomina, laquelle, en réalité, se trouve être la jeune épouse de l'un des gentilshommes logés dans l'hôtellerie.

Sancho, qui rôde un peu partout, a vu le mari et la femme s'embrasser. Aussi, au moment où son maître lui ordonne d'équiper Rossinante et le palefroi de la reine, puis de bâter le grison, le bon écuyer secoue la tête. « Hélas! seigneur, dit-il, il y a plus de mal dans le hameau qu'on ne le croit. — Quel mal peut-il y avoir dans quelque hameau que ce soit, réplique don Quichotte, qui puisse me causer aucun préjudice ? — Si Votre Grâce se met en colère, dit Sancho, je ne dirai pas ce que mon devoir de bon écuyer me force de révéler. — Parle, pourvu, toutefois, que tes paroles n'aient pas pour but de m'effrayer. — Il ne s'agit pas de cela, répond Sancho avec embarras ; mais sachez que cette dame, qui se dit reine du grand royaume de Micomicon, n'est pas du tout ce qu'elle prétend, car j'ai vu don Fernando l'embrasser. »

« Bonté du ciel! qui racontera l'épouvantable colère qui s'empara de don Quichotte aux insolentes paroles de son écuyer? Je dirai qu'elle fut telle que, d'une voix tremblante, bégayant, et lançant des éclairs par les yeux, il s'écria :

— O manant misérable, méprisable, insolent et ignorant, grossier, langue de vipère, calomniateur et blasphémateur! Comment as-tu osé prononcer de semblables paroles en ma présence et devant ces illustres dames? Comment as-tu osé te permettre ces blasphèmes, nés dans ta stupide imagination ? Fuis de ma présence, monstre de la nature, réceptacle de mensonges, source de fourberies, silo de coquinerie, inventeur de méchancetés, prôneur de sottises, ennemi du décorum que l'on doit garder envers les personnes royales. Va-t-en et ne reparais pas devant moi, sous peine d'encourir ma colère.

« En proférant ces menaces, le chevalier fronçait les sourcils, se gonflait les joues, regardait de tous côtés, frappait le sol avec violence de son pied droit, signes évidents de la fureur à laquelle il était en proie. Devant ces imprécations et ces gestes furibonds, Sancho demeura si effrayé, si craintif, qu'il se serait réjoui si, pour l'heure, la terre s'était entr'ouverte sous ses pieds pour l'engloutir. Il ne sut faire autre chose que se retirer de devant son maître irrité. La prudente jeune femme qui remplissait le rôle de la reine, et qui déjà connaissait à fond l'humeur de don Quichotte, s'interposa pour l'apaiser :

— Ne vous fâchez pas, seigneur chevalier de la Triste-Figure, dit-elle, des naïvetés échappées à votre bon écuyer, peut-être n'est-ce pas sans motif qu'il les a dites, car on ne peut soupçonner sa conscience de chrétien de porter un faux témoignage. Il faut donc rester convaincu que, dans ce château où, d'après vos propres paroles, toutes les choses arrivent et se passent par voie d'enchantement, il peut donc se faire, dis-je, que Sancho ait vu de cette façon diabolique ce qu'il a raconté de si offensant pour moi.

— Par Dieu puissant, s'écrie don Quichotte. Votre Grandeur a trouvé le mot de l'énigme. Une vision a dû troubler la vue de ce malheureux et lui montrer ce qui ne se peut voir que par enchantement. Je le connais, il est incapable d'accuser faussement qui que ce soit. »

Chacun intercède pour Sancho, qui est réconcilié avec son maître, et l'on s'occupe du départ. Mais le curé, d'accord avec le barbier, veut éviter à la jeune dame et à son mari la peine d'accompagner plus longtemps don Quichotte. Les deux complices s'entendent avec un bouvier dont les bœufs indolents traînent une charrette, et font rapidement construire, à l'aide de légers madriers, une cage dans laquelle leur ami pourra tenir à l'aise. Toutes les personnes logées dans l'hôtellerie se déguisent de façon à ne pouvoir être reconnues, puis, à l'heure où don Quichotte dort, toutes pénètrent dans sa chambre, et ses bras et ses jambes sont aussitôt liés, sans qu'il **essaie de résister à ceux** qu'il tient pour des fantômes.

On le place dans la cage, qui est portée sur la charrette. Alors une voix formidable retentit et dit :

« O chevalier de la Triste-Figure, que la prison dans laquelle tu es enfermé ne te décourage pas ; il convient qu'il en soit ainsi pour que se termine promptement l'aventure dans laquelle t'a jeté ton grand courage. Cette aventure se terminera lorsque le furibond lion Manchois ne fera plus qu'un avec la blanche colombe Tobosine, lorsqu'ils auront courbé leurs fronts superbes sous le doux joug matrimonial. De ce mariage inouï naîtront, à la lumière de l'univers, les vaillants lionceaux qui posséderont les serres rapaces de leur valeureux père. Et toi, ô le plus noble et le plus obéissant écuyer qui ait jamais eu une épée au côté, une barbe au menton et un odorat dans le nez, ne te fâche pas et ne te décourage pas en voyant ainsi emporter sous tes yeux la fleur de la chevalerie errante. Avant peu, s'il plaît au grand architecte de l'univers, tu te verras élevé si haut que tu ne te reconnaîtras plus, et les promesses que t'a faites ton bon maître ne seront pas trompeuses. Je t'assure donc, de la part de la sage fée Mentironiane, que ton salaire te sera payé, comme tu le verras, par des œuvres. Suis les pas du valeureux et enchanté chevalier, il te faut aller jusqu'à l'endroit où vous vous arrêterez tous deux : il ne m'est pas permis d'en dire davantage. »

C'était maître Nicolas qui parlait, et il le fit, on vient de le voir, dans toutes les règles des livres de chevalerie. Voilà donc le héros en route pour son village, escorté par ses deux amis et plusieurs gardiens, tous masqués. Sancho suit la charrette, conduisant par la bride Rossinante chargé des armes de son maître, et causant de temps à autre avec lui. A tous ceux que l'on rencontre, et qui s'approchent surpris, don Quichotte raconte lui-même qu'il est ensorcelé, et chacun de s'étonner à la fois de sa folie et de son bon sens. Sancho, bien que rustre et crédule,

a deviné enfin la supercherie et la révèle à son maître. « Enchantement », répond don Quichotte. Néanmoins, il autorise son écuyer à tenter de le délivrer,
convaincu qu'il n'y pourra parvenir. Sancho demande
que son maître, qui lui a donné sa parole de ne pas
s'enfuir, soit retiré de la cage et chemine librement,
faveur qu'accorde le curé. Mais on rencontre une
procession ; à la vue d'une statue représentant la
Vierge, que des religieux conduisent en grande
pompe, le vaillant don Quichotte s'imagine voir une
noble dame prisonnière, et se précipite sur les
moines pour la délivrer. Il y gagne quelques horions,
et aussi d'être remis en cage.

On approche enfin du village, où l'on pénètre
seulement à la nuit, afin de ne pas exposer le bon
hidalgo aux moqueries des enfants. Que de larmes
versent la gouvernante et la nièce du chevalier, à la
vue du piteux état dans lequel on le ramène ! Peu
à peu, grâce à leurs soins, il retrouve la santé du
corps ; mais son esprit reste malade.

Ainsi finit la première partie du *Don Quichotte*,
laissant entrevoir une troisième sortie.

XIV

EFFET PRODUIT PAR LA PUBLICATION DU *Don Quichotte*.

Revenons un peu en arrière, et, après avoir donné
une idée aussi exacte qu'il nous a été possible de
l'œuvre, occupons-nous de nouveau et spécialement
de son auteur.

Ce fut au commencement de l'année 1605, on
s'en souvient, que parut la première partie du *Don
Quichotte*. Pour se conformer à un usage de son
époque, Cervantès, un peu avant de publier son
livre, s'était mis en quête, pour le lui dédier, d'un
Mécène de noble extraction, et sachant goûter les
lettres. Le grand seigneur alors le plus en évidence,
à ce point de vue, était le duc de Béjar de l'illustre
maison de Navarre, déjà renommé pour son amour
des arts et la protection dont il les couvrait. Ce fut lui
que choisit notre auteur.

D'après une tradition, le duc, tout d'abord, refusa
le parrainage qui lui était offert. Cervantès, alors, le
pria de vouloir bien prendre la peine d'écouter la
lecture d'un seul chapitre de l'ouvrage. Le duc
consentit, et prit un tel plaisir à cette lecture, qu'il
voulut que l'auteur allât jusqu'au bout. Seul des
auditeurs, le chapelain du duc critiqua l'œuvre avec
colère, et la qualifia d'extravagante. Plus tard, lors-

qu'il publia la seconde partie de son roman, Cervantès se serait vengé de la véhémente désapprobation du saint homme en le mettant en scène. Cette anecdote est acceptée en Espagne, excepté toutefois par les lettrés, car aucun témoignage de l'époque ne l'appuie de son autorité.

Une autre légende veut que le public soit resté indifférent devant le *Don Quichotte*, et qu'il ait d'abord été lu par des gens incapables d'en comprendre la finesse, la profondeur, l'agrément, d'apprécier la valeur du style.

L'imprimeur, désolé de ne pas rentrer dans ses débours, s'en serait plaint avec amertume à l'auteur, lui-même attristé. De guerre lasse, Cervantès aurait eu l'idée de composer une brochure sous le titre du *Buscapiés* — la fusée —, sorte de satire dans laquelle il donnait à entendre que le *Don Quichotte* renfermait une multitude de choses intéressantes, mystérieuses, qui méritaient d'être lues et approfondies. Le pétard aurait produit son effet, et chacun de s'empresser d'acheter le livre pour y chercher, en somme, ce qu'il ne renfermait pas.

Aujourd'hui, grâce aux sérieux et importants travaux dont Cervantès a été l'objet, on ne voit plus dans le *Buscapiés* qu'une amusante supercherie. Pellicer, si scrupuleux dans ses assertions, et par cela même si digne de foi, nia d'abord l'existence de la brochure que, du reste, personne n'avait jamais vue avant 1847, c'est-à-dire avant sa réimpression. Cependant don Vicente Rios, de l'Académie espagnole, prétendait qu'un de ses amis, Ruy-Diaz, l'avait rencontrée en 1775, dans la bibliothèque du comte de

Saceda. Seulement, depuis lors, nul n'a eu cette bonne fortune. Le *Buscapiés* est donc resté introuvable, et les catalogues de la bibliothèque du comte de Saceda, lequel aimait les bons livres et les raretés n'en font pas mention. La brochure, je le répète, n'existe pas avant 1847, époque de sa prétendue réimpression. Au résumé, cet ouvrage est un pastiche très habile du style de Cervantès, et l'on sait aujourd'hui qu'il fut l'œuvre d'un spirituel auteur mort il y a peu d'années, don Alfonso Castro.

On a de tout temps, le fait est digne d'être remarqué, cherché à établir que, de même que devant l'œuvre de beaucoup d'autres grands hommes, le public resta indifférent devant le *Don Quichotte*, si original, et encore aujourd'hui si vivant. La vérité sur ce point est, par bonheur, moins triste qu'on veut la présenter. Le public, bien au contraire, reconnut vite le mérite du livre dont la première édition — fait inouï pour l'époque — fut enlevée en quelques semaines, et aussitôt suivie de quatre autres. En même temps, le *Don Quichotte* se voyait traduit dans les principales langues de l'Europe, et devenait aussi célèbre que le nom de son créateur.

On rapporte que Philippe III, se trouvant un jour sur un des balcons de son palais de Madrid, lequel dominait la vallée du Mançanarez, aperçut un étudiant assis au bord de la rivière, et lisant. Le jeune homme riait, se frappait le front, et tous ses gestes dénotaient un plaisir extraordinaire.

— Ou cet homme est fou, dit le roi, ou il lit *Don Quichotte*.

Un courtisan s'éloigne, va demander au joyeux

lecteur le titre du livre qui le divertit si fort. Le roi
ne s'était pas trompé, il s'agissait bien du *Don Quichotte*.

Le succès obtenu par Cervantès fut donc rapide,
et, à défaut d'autres, il eut les satisfactions de la
réputation, de la gloire. J'ai dit à défaut d'autres, car
sa fortune resta précaire, et ne suivit pas sa renommée. Les livres rapportaient peu à cette époque, et
les auteurs, les savants, les artistes vivaient plus
souvent des largesses des grands seigneurs ou des
grands financiers que de celles du public, où se
comptaient encore les gens qui savaient lire. Au
moment même où les éditions de son livre se multi-
pliaient, nous savons que Cervantès dut accepter un
travail officiel qui, très probablement, lui avait été
procuré, à titre de récompense, par un de ses pro-
tecteurs. Il s'agit d'une relation des fêtes célébrées à
Valladolid pour la naissance de l'infant qui régna
plus tard sous le nom de Philippe IV, fêtes qui coïn-
cidèrent avec la venue à la cour d'un ambassadeur
anglais. Cet opuscule, intitulé *Relation de ce qui
s'est passé à Valladolid aussitôt après la naissance du
Prince don Fernand-Dominique-Victor, notre seigneur,
jusqu'au moment où cessèrent les démonstrations d'allégresse auxquelles cette naissance donna lieu*, a pour
date 1605, et ne porte aucun nom d'auteur.

Nous savons cependant, et de façon certaine, que
cette « relation », qui ne se distingue en rien des
écrits de même nature, est bien de la plume de Cervantès ; nous le savons par ricochet, grâce à une
épigramme de Gongora. C'est que, par un contraste
piquant, l'ambassadeur envoyé d'Angleterre pour

signer la paix avec l'Espagne, et qui assista au bap-
tême de l'Infant, était ce même lord Howard qui,
neuf années auparavant, c'est-à-dire en 1596, avait pris
et pillé Cadix. Voici la traduction de l'épigramme
lancée par l'inventeur du *style précieux* ou *gongorisme* :

« La reine a mis au monde un enfant ; le luthérien arrive
avec six cents hérétiques et autant d'hérésies.

Pour les bien recevoir, pour leur donner des bijoux et du
vin, en quinze jours nous dépensons un million. En l'honneur de l'envoyé anglais et des espions de celui qui jura la
paix sur Calvin, nous fîmes des parades, des sottises, des
fêtes, ou plutôt des cohues. Nous baptisâmes le petit *Domi-
niquin*, qui naquit pour l'être dans les Espagnes. Nous
fîmes une assemblée d'enchantement. Nous restons pauvres,
Luther s'en va riche, et l'on fait écrire ces hauts faits par
don Quichotte, par Sancho et par sa monture. »

Rappelons-nous, pour bien comprendre cette épigramme, que le connétable de Castille offrit à l'ambassadeur et à sa suite un repas où douze cents
ragoûts de viandes et de poissons, sans compter le
dessert, furent servis dans de la vaisselle d'or.

En 1606, une lettre découverte par M. Fernandez
Guerra nous l'apprend, Cervantès habitait Séville.
Dans ce document, notre auteur décrit, sur un ton
burlesque, un pique-nique organisé dans une île du
Guadalquivir et auquel assistaient tous les lettrés de
la ville. Après un concours de poésie, il y eut un
tournoi dont les combattants étaient montés sur des
chevaux de carton, ce qui semble démontrer que le
Don Quichotte avait déjà discrédité les tournois véritables. Enfin, après un dîner sur l'herbe, on joua la
comédie. Dans cette fête, Cervantès était à la fois
juge du concours poétique et secrétaire de la compa-

gnie qui donnait la fête, et quelques traits de la relation semblent bien prouver qu'elle est de sa main.

Mais à quel titre et dans quelles conditions se
trouvait-il à Séville ? Etait-ce encore à titre de commissaire royal ? Ici, comme sur tant d'autres points,
il faut conjecturer ; toutefois, les probabilités sont en
faveur du commissariat, puisque ce ne fut que deux
ans plus tard que Cervantès renonça officiellement à
son emploi. En effet, en 1608, un document du tribunal de la *Contaduria* établit qu'il appartenait encore
à l'administration des finances. C'est seulement en
1609 qu'il abandonna sa place, et, du même coup,
son cabinet d'affaires, pour se consacrer aux lettres
d'une façon absolue. Il venait d'atteindre sa soixante
et unième année.

C'est vers cette époque, environ, qu'il connut son
célèbre contemporain, le fameux Lope de Vega ; mais
les biographes des deux grands hommes sont loin
d'être d'accord sur la nature de leurs relations. Nous
l'avons vu, ils étaient un peu parents par alliance.

On prétend qu'ils échangèrent plusieurs épigrammes ; ce qui est plus certain, c'est qu'il ne reste aucune trace de ces hostilités. En revanche, nous avons
la preuve que Cervantès a beaucoup vanté son heureux rival, et que celui ci, à l'apogée de la gloire et
de la fortune, s'est toujours montré très réservé à
l'égard de notre auteur, qu'il ne lui a jamais accordé que de banales louanges. Croire à une riva-
lité jalouse est bien grave ; néanmoins, on peut dire
qu'ils ne se sont qu'imparfaitement compris. Lope
est froid, compassé en face de Cervantès, et celui-ci,
dont la bienveillance accable de louanges même les

auteurs médiocres de son temps, est de son côté réservé. Toutefois, lorsqu'il parle de son célèbre rival, c'est toujours avec mesure et dignité.

Les documents certains, il faut le dire, font absolument défaut pour résoudre d'une façon satisfaisante ce point intéressant. Navarrete soutient que Cervantès et Lope furent d'intimes et sincères amis, tandis que Huerta accuse Cervantès de jalousie. Ce dernier mot est inadmissible appliqué à Cervantès, dont la franchise, la noblesse d'âme sont cent fois prouvées. Toutefois, on peut croire qu'il y eut sinon un peu de dépit, du moins un peu de tristesse en face de la partialité du public qui avait fait de Lope une idole.

Ticknor, dans sa belle *Histoire de la littérature espagnole*, fait remarquer que Lope avait quinze ans de moins que Cervantès, qu'il était par conséquent âgé de 43 ans lorsque parut la première partie du *Don Quichotte*, et très en état de juger ce beau roman. Or, dans ses œuvres si nombreuses, il se contente de nommer cinq fois son glorieux contemporain, et cela sans le plus minime éloge. Et cependant, il lui avait emprunté le sujet de deux de ses comédies, *Les esclaves d'Alger*, par exemple, sans même le remercier d'un seul mot aimable, bien qu'il le mette en scène. Lope a donc méconnu Cervantès, ou, ce qui est pire, il l'a volontairement dédaigné.

Cervantès, par contre, a célébré en prose, aussi bien qu'en vers, son heureux contemporain, et loyalement reconnu et vanté son génie. Au résumé, le beau rôle appartient, sans qu'il soit possible de le contester, au vieux soldat de Lépante. Pauvre et re-

lativement oublié, il reste impartial, et salue noblement ceux qui le dépassent en succès, non en génie.

Des siècles se sont écoulés et le temps, qui remet
tout à sa vraie place, a consacré la gloire des deux
poètes. Mais Cervantès a cet avantage, il est encore
lu et le sera tant qu'il y aura des hommes, parce
qu'il a su les peindre tels qu'ils sont, tels qu'ils
seront toujours, et partout. Les œuvres de Lope ne
sont plus guère vivantes que pour ses compatriotes ;
et, même au delà des Pyrénées, les lettrés seuls
secouent la poussière qui les recouvre. Dans les dix-
huit cents drames ou comédies du fécond auteur,
cherchez un personnage dont l'univers sache le nom,
vous chercherez sans trouver. Par contre, qui donc,
même parmi les illettrés, ne sait au moins le nom
du valeureux don Quichotte, ne connaît une de ses
aventures ? Qui ne sait le nom de son coursier, de
cet incomparable Rossinante, qui, dans sa vie accidentée, ne galopa qu'une seule fois ? Qui ne connaît
le simple et malicieux écuyer Sancho, et ne se plaît
à citer un de ses proverbes ? En un mot, qui de nous,
s'il avait à choisir entre les deux noms, ne voudrait
s'appeler Cervantès, sans pour cela, bien entendu,
mépriser Lope ?

Il n'est pas encore l'heure, pour nous, de juger
définitivement le chef-d'œuvre dont, en somme, nous
ne connaissons qu'une moitié. Nous touchons à la
fin de l'année 1613, et, tout en écrivant la seconde
partie des aventures de son héros, Cervantès va se
montrer à nous sous de nouveaux aspects.

XV

LES NOUVELLES EXEMPLAIRES. — LE LICENCIÉ DE
VERRE. — LE VOYAGE AU PARNASSE.

C'est avec intention, plus encore que parce qu'elles
y sont des hors-d'œuvre, que, dans mon rapide
exposé de la première partie du *Don Quichotte*, j'ai
passé, sans les analyser, sur les *Nouvelles* qui s'y
trouvent. A dire vrai, elles nuisent à l'œuvre dont
elles ralentissent la marche, dont elles compliquent
inutilement l'action. Mais ne perdons pas de vue que
les contemporains de Cervantès n'avaient pas sur ce
point notre goût moderne, et que c'est pour sa
génération qu'il a écrit. D'ailleurs, si l'on retranchait
ces récits, les lettrés crieraient au sacrilège, et moi
qui le conseille peut-être un des premiers.

En 1613, sept années par conséquent après la
publication de son grand roman, Cervantès offrit au
public un volume portant le titre de : *Nouvelles exemplaires*. Ce recueil, le meilleur des ouvrages de notre
auteur après le *Don Quichotte*, fut accueilli avec bienveillance, et les éditions se succédèrent.

De l'avis des littérateurs espagnols, seuls bons
juges sur ce point, le style de ces nouvelles est en
progrès sur celui de la première partie du *Don
Quichotte*. Etant donné l'âge qu'avait alors leur

auteur, c'est un fait d'autant plus digne d'être
remarqué qu'il est plus rare dans la vie des écrivains.

Les *Nouvelles exemplaires* sont des récits moraux,
mais à l'usage spécial des grandes personnes. « Je
leur ai donné le titre d'exemplaires », dit Cervantès
dans son avis au lecteur, « par la raison qu'en y
regardant de près, il n'en est pas une seule dont on
ne puisse tirer un exemple profitable. J'ai voulu,
dit-il encore, donner à mon pays une cause de
divertissement qui ne puisse nuire ni à l'âme ni au
corps. » A ce mérite, et c'en est un, il faut ajouter
celui de l'originalité. Les nouvelles, c'est-à-dire
les courts récits, existaient déjà dans plusieurs
des littératures d'Europe ; toutefois, l'Espagne se
contentait de les traduire. Cervantès, le premier, en
tira non seulement le sujet de son propre fond,
mais il leur donna pour théâtre l'Espagne, dont il
décrivit, du même coup, les coutumes et les mœurs
populaires.

Dédiées au comte de Lemos, les *Nouvelles exemplaires* sont au nombre de douze dont la première,
le *Curieux malavisé*, avait déjà paru dans le *Don
Quichotte*. Considérés dans leur ensemble, ces récits
sont d'une part fortement marqués au coin du génie
de Cervantès, et, de l'autre, pleins de traits relatifs
au caractère espagnol. Cette couleur locale, comme
on dit de nos jours, leur nuit beaucoup, il faut le
constater, aux yeux des lecteurs qui ne connaissent
pas d'une façon intime les mœurs des provinces de
l'Espagne, et surtout les langues qui s'y parlent.
Nombre de passages, très bien observés et des plus

fins, restent obscurs, perdent même pour les étrangers toute signification. C'est une mésaventure qui arrive à notre Molière, si français et si parisien.

Parmi ces nouvelles, nous en choisirons une seule pour l'analyser, celle qui a pour titre *Le licencié de verre*.

C'est une opinion passée à l'état d'indiscutable vérité, chez nos voisins d'au delà des Pyrénées, que Cervantès, dans ce conte, a pris pour modèle le savant humaniste Barthius qui, allemand d'origine, fut un enfant précoce doué d'une mémoire extraordinaire. Barthius, déjà savant, parcourut toute l'Europe et fréquenta les académies, les universités, les savants, apprenant à fond les langues. De retour dans son pays, il marqua sa prédilection pour le castillan en traduisant plusieurs ouvrages écrits dans cette langue. Peu à peu sa tête s'affaiblit et il se persuada, dit-on, que son corps était devenu de verre. Cervantès, qui l'avait connu, le mit en scène et entreprit, par sa bouche, de censurer les abus de la ville et de la cour. L'œuvre est pleine de traits piquants, et après avoir parlé de la difficulté de traduire les *Nouvelles exemplaires* sans leur faire perdre nombre de leurs qualités de finesse, d'esprit et de grâce de diction, nous allons néanmoins tenter en partie l'aventure, en rappelant que notre copie restera de beaucoup au-dessous de l'original.

Donc le licencié Vidriera, homme de savoir et de talent, se croit, soudain devenu de verre et, se tenant pour fragile, s'effraie si bien lorsqu'il voit quelqu'un se diriger vers lui, qu'il pousse alors de grandes clameurs pour empêcher la personne d'avancer, redou-

tant d'être brisé par un simple contact. Afin de le
convaincre de son erreur et redresser ainsi ses idées,
plusieurs bonnes âmes bravent ses cris, le saisissent et le pressent entre leurs bras. Chaque fois que
ce fait se produit, le malheureux tombe en syncope,
et il ne reprend connaissance qu'au bout de trois ou
quatre heures, pour supplier de nouveau qu'on ne
l'approche pas. En dehors de son idée extravagante,
le pauvre homme n'a rien perdu de la finesse d'esprit qu'il possédait avant son accident, aussi se
plaît-on à l'interroger sur toutes sortes de sujets,
et l'on ne peut que s'émerveiller de ses réponses
dans lesquelles brillent son savoir, sa présence d'esprit, souvent aussi sa malice.

A la longue, on respecte sa folie, et personne ne le
tourmente plus. Il s'est vêtu d'une longue robe,
marche pieds nus, et porte un vase à l'extrémité
d'un bâton, vase dans lequel on dépose les aliments
que l'on veut lui offrir. Il marche au milieu des
rues afin de fuir tout contact étranger, et surveille
avec soin les toits, redoutant la chute d'une tuile
qui, si elle l'atteignait, le mettrait en pièces. L'hiver,
il se loge dans un grenier, et s'entoure de paille
jusqu'au cou. On avait essayé de l'enfermer ; mais il
se montra si malheureux, et en même temps si rési-
gné, qu'on finit par le laisser libre : au début les
enfants, curieux de savoir s'il était véritablement
de verre, lui lancèrent des cailloux qui le firent
hurler de belle façon. Les mauvais drôles furent
corrigés par des passants, et, bientôt, ils respec-
tèrent le pauvre dément.

Il avait, on le sait, conservé tout son esprit, et

pour le plaisir d'entendre ses réponses, on ne manquait guère de l'interpeller. Il répliquait avec vivacité, avec à propos, avec finesse, et toujours avec malice.

« — Que dois-je faire, ami licencié, lui demande un jour un passant, pour avoir la paix avec ma femme ?
— Donne-lui ce dont elle a besoin, répondit-il ; laisse-la commander dans ta maison, mais ne souffre pas qu'elle te commande. »

Un jour, un jeune garçon lui crie :

« — Seigneur licencié, je vais m'enfuir de chez mon père, qui me bat.
— N'en fais rien, enfant ; les coups d'un père honorent, et ceux des gens de justice, qui ne manqueront pas de t'arrêter, déshonorent. »

Un grand seigneur de Séville, ayant entendu parler de Vidriera, demanda qu'il lui fût envoyé. La personne chargée de la commission alla trouver le pauvre fou.

« — Sachez, seigneur licencié, lui dit-elle, qu'un grand personnage de la cour désire vous voir.
— Qu'il veuille bien m'excuser, répondit le malicieux mais je ne suis pas bon pour les palais.
— Pourquoi donc ?
— Parce que j'ai de la honte, et que je ne sais pas flatter. »

En dépit de cette réponse, le licencié se laisse convertir. On l'emballe dans une caisse garnie de paille, et il arrive à Valladolid, chez son hôte, où on le déballe. Bientôt il est connu dans la ville comme il l'était à Salamanque, et chacun de l'interpeller.

« — Comment dois-je faire, lui demande un passant, pour n'envier personne ?

— Dors, répond le licencié ; tant que tu dormiras, tu seras l'égal de ceux que tu peux envier. »

Piqué un jour par une abeille logée dans son cou, le pauvre homme se plaignait.

« — Comment se fait-il qu'étant de verre, lui cria-t-on, vous sentiez l'aiguillon d'une abeille ?

— C'est qu'elle est médisante, répondit-il, et que la langue, c'est-à-dire l'aiguillon des médisants, entame le bronze lui-même.

— Vous semblez avoir l'esprit propre à tout, lui dit un étudiant, seriez-vous poète ?

— Non, répondit-il, je ne suis ni assez niais ni assez heureux pour cela.

— Je ne vous comprends pas, dit l'étudiant.

— C'est pourtant clair, reprit Vidriera ; je ne suis pas assez niais pour me faire mauvais poète, et je ne suis pas assez heureux pour mériter d'en être un bon.

— Pourquoi les poètes sont-ils pauvres ? demanda un autre.

— Parce qu'ils le veulent bien.

— Et comment cela ?

— Parce que toutes les dames qu'ils fréquentent pourraient les enrichir. N'ont-elles pas, à leur dire, des cheveux d'or, des yeux d'émeraude, des dents d'ivoire, des lèvres de corail, des voix de pur cristal, et leurs larmes ne sont-elles pas des perles ? »

Mais j'en ai dit assez. A la fin, le licencié Vidriera guérit, va guerroyer en Flandre ; c'est la conclusion de la nouvelle qui, en somme, est remplie d'épigrammes frappées au bon coin.

Au résumé, par l'invention, par le naturel, par la grâce, par la rigoureuse peinture des mœurs andalouses, les *Nouvelles exemplaires* sont aussi populaires en Espagne que le *Don Quichotte*. Elles ont un grand mérite de style, et, bien que les plus anciennes des nouvelles écrites en espagnol, elles sont restées jusqu'à présent sans rivales et semblent devoir le rester à jamais.

L'année qui suivit cette publication, c'est-à-dire 1614, Cervantès fit paraître un nouvel ouvrage, le *Voyage au Parnasse*. C'est une satire en *terza rima*, imitée d'un petit poème italien de même nature, écrit par Cesare Caporali. Ce poème, d'un très maigre mérite, n'est pas digne de la plume qui l'a signé, et cependant son auteur le tint toujours pour une de ses meilleures œuvres. Du reste ce fut, jusqu'à sa dernière heure, un faible chez Cervantès de croire qu'il était plus noble, plus glorieux d'écrire en vers que d'écrire en prose, et il eut toujours, pour ses propres poésies, les excessives tendresses qu'ont si souvent les mères pour leurs enfants mal venus.

Le *Voyage au Parnasse*, même lu avec indulgence, n'est que le froid récit d'une convocation faite par Apollon, appelant à lui tous les bons poètes pour l'aider à chasser du Parnasse les simples rimeurs. Mercure, embarqué « sur une galère construite de différentes espèces de vers », vient secrètement consulter Cervantès sur les poètes qu'il serait bon de choisir pour alliés dans cette campagne contre le mauvais goût. Ses réponses au dieu fournissent à notre auteur l'occasion d'exprimer son opinion sur le mérite de tous les poètes ses contemporains, et, s'il en condamne quelques-uns, il en vante un bon nombre qui, sans lui, seraient aujourd'hui ignorés. Par bonheur il ne s'est pas oublié, et la partie la plus intéressante de son poème est, sans contredit, le chapitre dans le-

quel il nous fournit quelques renseignements sur
ses propres compositions, chapitre dans lequel, avec
sa bonne humeur accoutumée, il se plaint sans
récriminations, sans dépit et sans amertume, de son
incurable pauvreté, du dédain avec lequel ses vers
sont accueillis. Admis en présence d'Apollon, qui
préside une cour plénière, le dieu, sans remarquer
que tous les sièges sont occupés, invite Cervantès à
s'asseoir.

« — Les places sont prises, répond le poète.
— Eh bien, réplique le dieu, si tu veux sortir d'embarras,
plie ton manteau et assieds-toi dessus. Souvent, quand le
sort la refuse sans raison, une condition heureuse honore
plus celui qui la mérite que celui qui l'obtient.
— Sire, reprend Cervantès, vous n'avez pas pris garde que
je n'ai pas de manteau.
— N'importe, répond le dieu, j'ai du plaisir à te voir,
la vertu est un manteau sous lequel la pauvreté cache sa
honte, et, libre, échappe à l'envie. »

Il est difficile, a-t-on dit, de démêler ici les véritables sentiments auxquels obéit Cervantès : faut-il y
voir de la vanité, ou de la présomption ? Ceux qui
connaissent l'homme, les épreuves de sa vie, ses
luttes courageuses, et qui remarquent la simplicité
enjouée avec laquelle il se plaint, puis surtout la
bienveillance, l'indulgence avec laquelle il parle
des autres, n'y verront que la plainte justifiée d'un
homme de génie, qui se sent en partie méconnu.

Nous savons tout ce qu'il nous importe de savoir
sur les *Nouvelles exemplaires*, dont la morale, il ne
faudrait pas s'y méprendre, s'adresse aux hommes
qui ont déjà l'expérience de la vie, et non aux jeunes
gens qui n'en connaissent encore que les riants débuts.

Nous venons de voir le *Voyage au Parnasse*, et déjà
Cervantès nous prépare une nouvelle surprise. Après
avoir, au début de sa carrière, écrit vingt pièces de
théâtre déjà oubliées et en partie perdues pour nous,
il va de nouveau tenter de monter sur la scène, alors
accaparée par Lope de Vega, et recueillir de nouveaux déboires.

XVI

RETOUR A L'ART DRAMATIQUE. — UN FAUX DON QUICHOTTE.

Bien qu'il parût avoir renoncé au théâtre, Cervantès, en réalité, n'avait jamais cessé de composer des drames et des comédies. Il nous le révèle dans un dialogue en prose : *Adjunta al parnaso*, œuvre de beaucoup supérieure à celle qu'elle devait simplement compléter. Un jeune homme, rencontré par notre auteur, lui demande s'il n'a jamais composé de comédies. — Oui, répond Cervantès songeant à ses succès passés, j'en ai composé et, si elles ne sortaient de mes mains, je les trouverais dignes de louanges. — N'en possédez-vous pas d'inédites ? — Oui certes, j'en possède six, et autant d'intermèdes. — Pourquoi ne les représente-t-on pas ? — Je ne les offre pas aux comédiens, et ils ne me les demandent pas. — C'est qu'ils ignorent qu'elles existent ? — Ils le savent ; mais ils sont approvisionnés. Lorsque mes pièces seront au nombre de huit, je les ferai imprimer.

La chose ne fut pas facile, et c'est encore l'auteur qui nous apprend que les libraires le repoussaient, car ils avaient été charitablement avertis que, « si l'on trouvait des bénéfices à imprimer sa

prose, il ne fallait rien espérer de ses vers. » Il est
certain que la scène espagnole, trouvée libre par
Cervantès lors de ses débuts, était maintenant
encombrée non seulement par celui qu'il a nommé
pour sa fécondité « un monstre de la nature », c'est-
à-dire par Lope de Vega, mais par ses nombreux
disciples. Or Cervantès, il faut le déplorer, délaissa
le vrai pour le faux. Au lieu de rester lui-même, il
imita les extravagances que l'on acceptait de Lope,
et marcha de gaieté de cœur au-devant d'une défaite
certaine. Toutefois, si les nouvelles comédies de
notre auteur n'ont rien ajouté à sa gloire, elles ne lui
ont pas nui non plus ; car les erreurs, les défail-
lances, les fautes des hommes de génie sont souvent
de précieux sujets d'études.

Un fait à noter, c'est que Cervantès, en copiant
Lope, suivait une voie qui répugnait à sa raison et à
son génie, une voie qu'il avait sévèrement jugée et
condamnée. Il a en effet donné, dans la première
partie du *Don Quichotte*, et par la bouche d'un prêtre,
de si excellents préceptes sur l'art dramatique, et si
nettement fait le procès de Lope et de son école, que
je n'hésite pas à rapporter le passage.

« ..... Vous venez de réveiller en moi, dit le curé de don
Quichotte répondant à un chanoine son interlocuteur, la
vieille rancune que je garde aux comédies aujourd'hui de
mode. La comédie devant être, selon Cicéron, le miroir de
la vie humaine, la reproduction des mœurs et l'image de la
vérité, celles que l'on représente à notre époque ne sont
que des miroirs d'extravagances, des exemples de sottise
et des peintures qui blessent la pudeur ; car, enfin, quelle
plus grande niaiserie peut-il y avoir, dans le sujet qui nous
occupe, que de présenter un enfant au maillot dans la
première scène, lequel enfant, dès la seconde scène, appa-

rait homme fait avec de la barbe au menton ? Quelle plus
grande extravagance peut-il y avoir que de nous peindre un
vieillard vaillant, un jeune homme lâche, un laquais rhéto-
ricien, un page bon conseiller, un roi crocheteur, une princesse laveuse de vaisselle ? Que dirai-je de l'observation du
temps durant lequel s'accomplissent ou doivent pouvoir
s'accomplir les actions qu'on nous représente, sinon que
j'ai vu des comédies où la première journée se passe en
Europe, la seconde en Asie, et où la troisième se termine
en Afrique? Et si la pièce avait quatre journées, elle finirait
en Amérique, après avoir parcouru les quatre parties du
monde.

Or, si l'imitation est le but principal de la comédie, comment les esprits médiocres eux-mêmes seraient-ils satisfaits
lorsque, dans un drame qui se passe sous Pépin, on attribue
au personnage principal le rôle d'Héraclius, entrant avec
la croix à Jérusalem ou conquérant le saint sépulcre comme
Godefroy de Bouillon, alors qu'ils ont vécu à des époques
différentes ?... Le plus triste, c'est qu'il y a des ignorants
qui trouvent ces œuvres parfaites, et déclarent que chercher autre chose serait gourmandise... Et pourtant, de la
représentation d'une comédie sagement conduite, le spec-
tateur sortira égayé par les plaisanteries, instruit par les
vérités, surpris par les événements, mis sur ses gardes
par les fourberies, rendu sage par les exemples, irrité contre
le vice et amoureux de la vertu ; car la comédie doit réveiller tous ces sentiments dans l'âme des auditeurs, si rustiques et si sots qu'ils soient. »

N'oublions pas, car le tableau est si vrai qu'il
semble peint d'hier et un peu à notre intention, que
ce plaidoyer a été écrit en 1604. Mais comment Cervantès n'a-t-il pas suivi lui-même ses sages avis ? Il
nous en instruit en nous racontant que les comédies
étant devenues des marchándises, les acteurs refu-
saient d'acheter celles qui allaient contre la mode ;
les poëtes, en tête desquels marchait le grand
Lope avec sa verve facile, se pliaient à ces exigences
pour le plus grand dommage de l'art;

Je ne raconterai pas le sujet des drames de Cervantès, non plus que celui de ses comédies, ces œuvres ne sont pas à notre usage. Elles n'ont d'intérêt, du reste, que pour les archéologues, qui, çà et là, trouvent des traits de mœurs encore existantes, dont elles expliquent l'origine.

Nous touchons presque à l'année 1615, et il est l'heure de rappeler un curieux événement littéraire qui, pour notre pauvre auteur, fut un gros chagrin. Il avait terminé la première partie de son *Don Quichotte* en laissant entrevoir que le brave chevalier ferait une troisième sortie, et il venait d'annoncer, dans la préface de son volume de *Nouvelles*, l'apparition prochaine de son héros, lorsque parut à Tarragone une seconde partie de l'œuvre. Seulement, ce livre n'était pas celui de Cervantès, et portait, au lieu du nom attendu, celui d'Alonzo Fernandez d'Avellaneda. Etait-ce un caprice ? était-ce un pseudonyme malicieusement choisi par notre auteur ? Non ; c'était un audacieux plagiat, l'œuvre d'un inconnu caché derrière un nom d'emprunt.

La douleur, l'indignation de Cervantès peuvent se comprendre, lorsqu'il vit ce livre ; non seulement on lui prenait son héros, mais le coupable de ce larcin avait le mauvais goût, dans sa préface, d'insulter celui dont il se donnait pour le continuateur. Examinons d'un peu près cette supercherie, cette audacieuse spoliation, bien que la postérité se soit chargée de venger Cervantès en délaissant le faux don Quichotte, pour ne s'occuper que du vrai.

Tout en annonçant une troisième sortie probable de son héros, Cervantès ne semblait pas avoir l'in-

tention formelle de l'écrire, de remettre lui-même
en campagne son chevalier. L'œuvre était complète,
tous les incidents qui l'égaient avaient eu leur conclusion, et, en outre, l'ouvrage se termine par ce vers
de l'Arioste :

Forse altri canterà con miglior plettro.

« C'était, en vérité, a dit Mérimée, une sorte d'invitation faite aux beaux esprits. »

C'est que tous les livres de chevalerie, il ne faut
pas l'oublier, ont été écrits par plusieurs auteurs
souvent d'époques différentes, et les douze chapitres
du plus célèbre d'entre eux, c'est-à-dire de *l'Amadis
de Gaule*, sont l'œuvre de douze plumes distinctes.
Mérimée, en faisant ces réflexions, ne veut donc pas
que l'on traite de « plagiaire honteux », ainsi qu'on
le fait, l'écrivain qui, sous le nom d'Avellaneda, et
entraîné par le succès du livre, en publia une
seconde partie. « Si cette seconde partie eût valu la
première, dit-il, le cas eût été véniel ; seulement, il
s'agit d'un singe qui voulut imiter un homme, son
insuccès est son châtiment. »

Remarquons, en passant, que ce procédé a fait
fortune, et que le succès d'un livre, La Bruyère en a su
quelque chose, engendre aussitôt une foule d'imi-
tations et aussi des plagiats. Mais, si les auteurs des
livres de chevalerie ont gardé l'anonyme, don Quichotte et Sancho n'étaient pas des enfants perdus ;
on les savait nés de l'imagination de Cervantès, de
son génie, et le vol était flagrant.

Outre qu'il était mauvais écrivain, le soi-disant
Alonzo Fernandez Avellaneda, dans sa préface, eut

le mauvais goût d'injurier celui qui lui servait non seulement de modèle, mais qu'il dépouillait. Dans cet indécent prologue, il ne tient nul compte, en effet, ni du génie, ni des souffrances, ni des honorables blessures du vieux soldat qu'il essaie de bafouer. « Il a plus de langue que de mains », dit-il en parlant du glorieux manchot, puis il annonce naïvement, sans s'apercevoir de son indignité, « qu'il a pris la plume afin d'enlever à Cervantès le profit qu'il pourrait lui-même tirer de la continuation de son œuvre ». Il serait difficile, Mérimée en conviendrait, de se montrer à la fois plus sot, plus vil et plus méchant.

La bassesse d'esprit, de sentiments, dont le plagiaire tire vanité, ne se montre pas uniquement dans le trait que je viens de citer. Le malheureux reproche à Cervantès son âge, le traite « d'habitué de prison, d'envieux, de grognard ». A ces basses injures Cervantès, lorsqu'il publia la seconde partie de son œuvre, répondit avec dignité, avec mesure, et son calme, à mon avis, rend son adversaire encore plus odieux. Ecoutons, c'est notre auteur qui parle :

« Bonté de Dieu ! avec quelle impatience tu dois attendre, lecteur illustre ou peut-être plébéien, ce prologue où tu crois trouver des représailles, des reproches ou des plaintes à l'adresse du second *Don Quichotte*, je veux dire de celui qui est né à Tarragone. Eh bien, en vérité, je ne te donnerai pas ce plaisir ; car si les outrages réveillent la colère dans les cœurs les plus humbles, cette règle rencontrera une exception dans le mien. Tu voudrais me le voir traiter d'âne, de rosse, d'insolent ; je n'y songe seulement pas ; qu'il soit châtié par son péché, qu'il mange sa récolte, et grand bien lui fasse.

« Ce qui m'a indigné, malgré moi, c'est qu'il me traite de

vieux et de manchot, comme s'il avait été en mon pouvoir que le temps ne passât pas pour moi, ou comme si j'étais devenu manchot dans une taverne, au lieu d'avoir eu la main brisée dans une des plus grandes batailles qu'aient vues les temps passés ou présents, et comme ne peuvent espérer d'en voir les siècles à venir. Si mes blessures ne brillent pas aux yeux de ceux qui les regardent, elles sont du moins honorables dans l'estime de ceux qui savent où elles ont été gagnées, attendu qu'il sied mieux au soldat de mourir dans la bataille que d'en sortir sain et sauf. Cette manière de voir est si bien la mienne que, si l'on me proposait une chose impossible, à savoir que le passé n'ait pas été, j'aimerais encore mieux avoir assisté à cette prodigieuse bataille que d'être guéri de mes blessures sans y avoir figuré. Les cicatrices qu'un soldat porte sur le visage et sur la poitrine sont des étoiles qui guident ses compagnons vers le ciel de l'honneur, leur inspirant le désir d'acquérir de justes louanges. D'ailleurs, il faut remarquer que l'on n'écrit pas avec des cheveux blancs, mais avec l'intelligence, qui a coutume de s'améliorer avec les années. »

Peut-on répondre avec plus de sérénité, plus de dignité, plus de sagesse que ne le fait ici notre auteur, s'adressant à un homme qui lui a pris son bien, qui l'a accablé de cruelles injures ? En vérité, devant ce langage, mon estime et ma sympathie pour Cervantès redoublent. Il répond encore de si bonnes choses que je me remets à traduire ; après tout, mieux vaut encore laisser parler les maîtres, ils ne disent jamais que ce qu'il faut, et comme il le faut.

« Je crois t'entendre déclarer, lecteur, que je restreins beaucoup les limites de ma modestie, sachant qu'il ne faut pas faire de peine aux affligés, et que le chagrin de ce senor doit être grand, puisqu'il n'ose se montrer en rase campagne, mais qu'il cache son nom et dissimule sa patrie, comme s'il avait commis quelque crime de lèse-majesté. Si par aventure tu venais à le connaître, lecteur, dis-lui de ma part que je ne me tiens pas pour outragé ; que je sais ce que sont les tentations inventées par le démon, et que l'une de ses plus grandes malices consiste à fourrer dans la tête d'un homme l'idée de composer et faire imprimer un livre qui lui donnera autant de gloire que d'argent, ou d'argent que de gloire. Pour confirmer ces paroles, je veux qu'avec ton esprit et ta grâce, tu lui répètes le conte suivant :

« Il y avait à Cordoue un fou qui, d'ordinaire, portait sur sa tête un morceau de marbre provenant d'une carrière, ou une pierre non des plus légères. Lorsqu'il rencontrait un chien qui ne se tenait pas sur ses gardes, il s'approchait de lui, et, d'aplomb, laissait tomber sa charge sur l'animal. Le chien se fâchait, aboyait, hurlait, fuyait, ne s'arrêtait que trois rues plus loin. Il arriva que, parmi les chiens qui reçurent la charge, se trouva celui d'un bonnetier, animal très aimé de son maître. La pierre glissa, tomba sur la tête du chien, qui, maltraité, se mit à crier. Son maître le vit et l'entendit, saisit une aune à mesurer, se précipita sur le fou, et ne lui laissa pas un os en bon état. A chaque coup, le bonnetier criait : Ah ! chien de voleur, sur mon lévrier ! N'as-tu pas vu, cruel, que c'était un lévrier ? Et répétant ce nom de lévrier bon nombre de fois, il renvoya le fou moulu comme plâtre. Le malheureux se le tint pour dit, se cacha, et, pendant plus d'un mois, on ne le vit pas reparaître. Au bout de ce temps, il reprit son invention avec une charge plus lourde. Il s'approchait dès qu'il apercevait un chien, examinait l'animal du haut en bas avec soin ; mais, se gardant bien de laisser choir sa pierre, il s'écriait : — Attention, celui-là est un lévrier, gare à nous. En somme, tous les chiens qu'il rencontra dorénavant, fussent-ils dogues ou roquets, il les déclarait lévriers et ne lâchait pas la pierre. »

« Il pourra peut-être en arriver autant à cet historien, qui ne s'exposera plus à lâcher le poids de son esprit sous forme de livres, lesquels, lorsqu'ils sont mauvais, sont plus durs que les rochers. Dis-lui encore, lecteur, qu'un pauvre peut avoir de l'honneur, mais un vicieux jamais. La pauvreté peut couvrir d'un nuage la noblesse, et non l'obscurcir entièrement. Or, pourvu que la vertu brille par elle-même, fût-ce à travers les inconvénients et les mésaventures de la détresse, elle n'en est que plus estimée par les hauts et nobles esprits. »

On en conviendra de nouveau, il n'est guère possible d'être plus sage, plus modéré, plus mesuré en face d'un ennemi qui, non content de vous prendre votre bien, vous dénigre et vous injurie. Le noble caractère de Cervantès se manifeste une fois de plus à nous dans cette réplique, et je ne me lasse pas de le répéter avec admiration, se montre à la hauteur de son génie.

Mais cet Aragonais audacieux, cet Alonzo Fernandez Avellaneda, quel a été son nom véritable? On s'en est inquiété devant son livre qui, on est heureux d'avoir à le constater, eut un médiocre succès. Depuis lors, on s'est ingénié pour soulever le voile dont il s'est couvert, et nul n'a complètement réussi dans cette tâche. Cervantès, dans le cinquante-neuvième chapitre de la seconde partie de son *Don Quichotte* — c'est vraisemblablement à l'heure où il l'écrivait qu'il eut connaissance de la publication d'Avellaneda — fait juger l'œuvre par le héros lui-même, auquel on remet un exemplaire de son histoire apocryphe. Il la feuillette d'un bout à l'autre, et dit :

« Dans le peu que je viens de voir, j'ai trouvé trois choses dignes de blâme chez cet auteur. La première a trait à quelques mots de son prologue ; la seconde, c'est qu'il emploie le dialecte aragonais, attendu qu'il supprime souvent l'article... »

Sur ce dernier point, don Quichotte jugea bien, et tous les critiques sont de son avis. En somme, qui fut cet Aragonais ? La question est encore pendante.

On a accusé les frères Argensola, bien qu'ils fussent amis de Cervantès ; mais leur style ne ressemble en rien à celui du plagiaire, car ils écrivaient très purement l'espagnol. D'autre part, on a essayé d'identifier Avellaneda avec le Blanco Paz qui, nombre d'années auparavant, avait révélé au dey d'Alger une des tentatives d'évasion de Cervantès. Allons droit à l'opinion la plus probable, puisque la vraie est encore à trouver.

Aujourd'hui, sous le masque d'Avellaneda, les lettrés espagnols ne voient rien moins qu'un très important personnage, à savoir le révérend père Fray Luis Aliaga, dominicain et confesseur de Philippe III. Il était Aragonais, et il avait composé plusieurs livres dans lesquels on retrouve, çà et là, les locutions provinciales employées dans le faux *Don Quichotte*. En qualité de grand ami de Lope de Vega, il était — on le dit sans aucune preuve, je crois — mal disposé pour Cervantès. En tout cas, c'était un homme détesté à la cour, et, pour un motif resté inconnu, on lui avait appliqué le nom de Sancho Pança. Ses contemporains le tenaient pour envieux, méchant, pour le détracteur-né de toute renommée. En outre, il avait prouvé son mauvais esprit en composant un ouvrage satirique contre le poète Quevedo. A l'avènement de Philippe IV, Aliaga fut exilé, sort invariable de tous les favoris qui se servent de leur influence pour faire le mal.

Cervantès — je me laisse guider sur ce point délicat par les auteurs espagnols — connaissait la haute position de son imitateur, ce qui expliquerait la réserve avec laquelle il a parlé de lui. Cependant, si l'on remarque qu'Aliaga signifie ajonc en espagnol, et que, lors de l'entrée de don Quichotte à Barcelone, des gamins viennent attacher des ajoncs sous la queue de Rossinante et sous celle du grison, on verra là peut-être une épigramme et une vengeance. Je ne suis nullement convaincu par cet argument, et un pareil procédé, bien qu'il ne soit qu'une malice, me paraît en dehors des façons de voir et d'agir ordinaires à notre auteur.

D'ailleurs, on a remarqué, avec raison, qu'Aliaga n'est pas le seul écrivain de son époque dont le style se ressente de sa province, et que, s'il eût réellement voulu nuire à Cervantès, il possédait de plus puissants et de plus expéditifs moyens que celui de prendre la peine d'écrire un livre, de lutter sur un terrain où il avait la quasi-certitude d'être vaincu. Puis, une fois Aliaga en disgrâce, redevenu simple moine et incapable de nuire, comment une voix ne se serait-elle pas élevée pour lui reprocher sa conduite, pour lui reprocher d'avoir outragé et persécuté un grand homme ?

La vérité, en pesant les choses avec la raison, est que la publication du faux *Don Quichotte* fut une maladroite entreprise de libraire. Le livre d'Avellaneda n'eut aucun succès, car, paru en 1614, il ne fut réimprimé qu'en 1732, à titre de curiosité. Cette fausse continuation d'une œuvre inimitable, d'une œuvre que l'esprit seul de Cervantès pouvait concevoir et écrire, n'a donc eu d'autre résultat que de hâter la publication de la vraie ; je me trompe, elle a fait et fera encore couler des flots d'encre. Mais nous sommes en 1615, don Quichotte vient de se remettre en campagne, allons à lui.

XVII

« Béni soit le puissant Allah ! s'écrie Hamet Ben-
Engeli au huitième chapitre de la seconde partie du
Don Quichotte, et il répète cette bénédiction par trois
fois, heureux de voir enfin le chevalier et son écuyer
se remettre en campagne, suivre le chemin qui de
leur village conduit à la ville du Toboso, patrie de
l'incomparable Dulcinée. » Mais que notre propre
satisfaction ne nous fasse pas marcher plus vite
qu'il convient et procédons avec méthode, c'est-à-dire
avec clarté.

Soigné par sa nièce et sa gouvernante, le bon
hidalgo a retrouvé sa santé robuste ; toutefois, autant que jamais, son esprit est resté imbu des choses
de chevalerie. Le curé, maître Nicolas, plus un
personnage nouveau, le joyeux et moqueur bachelier Samson Carrasco, visitent chaque jour le conva-
lescent, essayant, à l'aide de la raison, de redresser
ses idées. Sensé sur tous les points, comme par le
passé, l'esprit de don Quichotte s'égare aussitôt
qu'un mot, qu'une simple allusion viennent lui rappeler les histoires qu'il croit aussi vraies que l'évan-
gile, et ses trois amis, aussi bien que sa nièce et

sa gouvernante, ne cessent de s'en désoler. Ces dernières, surtout, s'inquiètent de voir reparaître de temps à autre Sancho Pança, et n'augurent rien de bon de ses conférences secrètes avec son maître. Un matin, elles refusent de laisser entrer l'écuyer.

« Que nous veut ce vagabond? crient-elles ; retournez chez vous, frère, car c'est vous, et non un autre, qui entraînez notre seigneur, qui l'emmenez sur les chemins ! — Gouvernante de Satan, réplique Sancho, l'entraîné, l'emmené c'est moi, et vous vous trompez juste de moitié du prix. Votre maître m'a tiré de ma maison par des duperies et m'a promis une île que j'attends encore. »

Don Quichotte, qui entend la dispute, y met fin et fait entrer son écuyer.

Un jour, le bachelier Samson annonce à don Quichotte qu'un récit de sa première et de sa seconde sortie a été publié.

« — Il est donc vrai, s'écrie le chevalier, que mon histoire imprimée existe ?

— Le fait est si vrai, répond Carrasco, qu'il en circule à l'heure présente plus de dix mille exemplaires, et qu'il n'y aura bientôt plus de nation qui ne la possède en sa langue.

— Une des plus vives satisfactions que puisse ressentir un homme vertueux, dit don Quichotte, c'est de voir, lui vivant, sa bonne réputation se répandre dans le monde....

— C'est vrai, reprend le bachelier ; aussi, plusieurs critiques regrettent que l'historien n'ait pas jugé bon de se taire sur certains coups de bâton que...

— Il eût dû en effet les taire, réplique le chevalier ; les actions qui n'altèrent pas la vérité de l'histoire sont inutiles à écrire, si elles doivent tourner au détriment du héros.

— Enfin, dit le bachelier, votre histoire est feuilletée par les enfants, lue par les jeunes gens ; les hommes la com-

Don Quichotte, le bachelier Samson et Sancho.

prennent, et les vieillards la louent; elle est déjà si connue, que nul ne peut voir un cheval maigre sans s'écrier: Voilà Rossinante! »

Ce que constate ici le bachelier est resté vrai, et Rossinante est un mot que toutes les langues européennes se sont approprié.

Par ses raisonnements convaincus, bien que spécieux, don Quichotte, en dépit des aventures passées, ramène Sancho à la chevalerie, et lui promet, aussi solennellement qu'autrefois, le futur gouvernement d'une île. En même temps le bachelier Carrasco, à la grande indignation de la nièce et de la gouvernante du chevalier, semble l'exciter à reprendre le cours de ses exploits. Le conseil ne s'adresse pas à un sourd, et, un beau soir, armés, équipés, les deux aventuriers se mettent en route. Ils se rendent, je l'ai dit, au Toboso ; car, avant de se lancer de nouveau dans les aventures, don Quichotte veut faire ses adieux à la dame de ses pensées.

Ils atteignent la ville vers minuit et Sancho, que son maître avait un jour envoyé porter un message à Dulcinée, commission qu'il n'avait pas exécutée, mais dont il avait rendu un compte mensonger, est très embarrassé de trouver le palais de la princesse, et se voit à la veille d'être pris en flagrant délit de fourberie. Après cent tours, le rusé se tire de peine en déclarant que le jour va paraître, et qu'il n'est pas convenable qu'on les voie rôder autour du palais de Dulcinée, ce qui pourrait la compromettre. Il faut sortir de la ville, se retirer dans quelque bosquet ; alors lui, Sancho, tandis que son maître attendra, reviendra prévenir madame Dulcinée, laquelle, sous prétexte de promenade, ne manquera pas d'accourir. Don Quichotte, trouvant la proposition conforme à ce qui se passe dans les livres de chevalerie, l'accepte, et Sancho, une fois son maître établi dans un petit bois, revient en arrière. Aussitôt qu'il se sent hors de vue, l'écuyer descend de son âne, s'assied à l'ombre d'un arbre, et entame avec lui-même la gracieuse conversation suivante.

« Voyons, frère Sancho, où va Votre Grâce ? Va-t-elle à la recherche d'un âne perdu ?

— Non, certes.

— Alors, qu'allez-vous chercher ?

— Je vais chercher, comme s'il s'agissait de rien, une princesse qui est à elle seule un soleil de beauté et tout un ciel.

— Et où pouvez-vous rencontrer ce que vous dites, Sancho ?

— Où ? dans la grande ville du Toboso.

— Bon ; et de la part de qui allez-vous chercher la dame ?

— De la part du fameux chevalier don Quichotte de la Manche, lequel redresse les tordus, donne à manger à qui a soif, et à boire à qui a faim.

— Tout cela est très bien. Et savez-vous, Sancho, où demeure la princesse ?

— Mon maître assure qu'elle doit demeurer dans de riches palais et de superbes alcazars.

— Et l'avez-vous vue quelquefois, par aventure ?

— Ni moi, ni mon maître, ne l'avons jamais aperçue.

— Et ne vous semble-t-il pas que les gens du Toboso, s'ils apprenaient que vous arrivez ici avec l'intention d'enlever leurs princesses, feraient bien de vous moudre les côtes à coups de bâton, sans vous laisser un seul os en bon état ?

— Ils auraient certes raison, surtout s'ils oubliaient que je suis un simple envoyé, et que :

> Puisque vous êtes messager,
> La faute ne peut vous atteindre.

Don Quichotte et les trois paysannes.

« Ne vous fiez pas à ce refrain, Sancho ; la gent man-
choise est aussi colérique qu'honnête, et ne souffre pas
qu'on la chatouille. Vive Dieu ! Si l'on vous sent venir, je
vous prédis une mauvaise aventure ! Range-toi, sot, et
n'attire pas la foudre ! Je serais bien fou de chercher trois
pattes à un chat pour le plaisir du prochain. D'autant plus
que chercher Dulcinée à travers le Toboso serait chercher
midi à quatorze heures ; c'est le diable, et nul autre, qui
m'a fourré dans cette affaire. »

Après ce plaisant soliloque, Sancho tient de nouveau son ambassade pour accomplie, s'étend sur
l'herbe et fait un bon somme. Dans l'après-midi,
bien reposé, il songe à retourner vers son maître,
ne sachant trop, au fond, ce qu'il lui racontera.
Mais, au moment où il enfourche son grison,
l'écuyer aperçoit trois paysannes montées sur des
ânes. Il prend les devants, et court annoncer à don
Quichotte que sa dame, accompagnée de ses suivantes et toute ruisselante d'or, de diamants et de
perles, accourt pour le saluer. Don Quichotte est
troublé par cette nouvelle, il s'élance hors du bois,
explore le chemin du regard, et ne découvre que les
trois villageoises.

— « Où est ma dame, Sancho ? demande-t-il.
— Avez-vous les yeux sur la nuque ? s'écrie l'audacieux
écuyer ; comment Votre Grâce ne voit-elle pas venir
madame Dulcinée, plus resplendissante que le soleil
à midi.
— Je ne vois, ami, répond l'attristé chevalier, que trois
paysannes montées sur des bourriques.

Sancho proteste avec effronterie ; il compte, pour
voir accepter son mensonge, sur la folie de son
maître. Il ne se trompe pas. — Les enchanteurs, mes

ennemis, s'écrie le pauvre chevalier, non contents
d'avoir transformé Dulcinée, lui ont donné une
forme laide et vulgaire.

Sancho respire. — Ah ! canailles d'enchanteurs !
répète-t-il avec une feinte indignation, que de mal
vous faites ! Et, suivant son maître qui chemine
pensif, il se félicite de l'heureuse invention qui l'a
tiré d'embarras.

A la longue, voyant son maître garder le silence,
Sancho se rapproche de lui. — Les chagrins, seigneur, lui dit-il, n'ont pas été faits pour les bêtes,
mais pour les hommes ; toutefois, si les hommes s'y
abandonnent trop, ils deviennent comme les bêtes.
Don Quichotte impose silence à son écuyer, il ne
peut ni ne veut se consoler de la disgrâce dont sa
dame est victime. Néanmoins, il est tiré de son
abattement par la vue d'une charrette dont une
figure, représentant un diable, conduit le cheval.
Dans le véhicule, se trouvent entassés, pêle-mêle,
un ange aux longues ailes, des démons, une image
de la mort, un empereur le front ceint d'une couronne,
un chevalier armé de pied en cap, dix autres personnages étranges. C'est une aventure, et Sancho
de trembler. Don Quichotte s'avance, demande au
démon qui fait office de cocher ce que signifie cette
ambulante barque de Caron. — Nous sommes des
comédiens, répond le démon ; nous avons représenté ce matin le mystère des *Assises de la mort*, et,
comme nous devons le représenter cet après-midi
dans le village qui est là-bas, nous sommes restés
habillés et nous voyageons en costume.

Tandis que l'on cause, un comédien vêtu en bouf-

fon, et portant à l'extrémité d'un bâton trois vessies
gonflées, rejoint la charrette, frappe le sol de ses
vessies, exécute des cabrioles. Cette étrange apparition épouvante Rossinante, qui prend le mors aux
dents et s'élance à travers champs, « avec plus de
légèreté, dit l'histoire, que l'on ne pouvait s'y attendre,
étant donné sa construction anatomique. » Sancho,
qui voit son maître sur le point d'être désarçonné,
court derrière lui et le trouve bientôt étendu près de
sa monture, tous deux ayant roulé sur le sol, sans
dommage. Mais, Sancho parti, le démon cabrioleur
saute sur le grison, le fustige de ses vessies. Prenant
peur, le pauvre baudet s'élance à son tour dans la
campagne. A cette vue Sancho, qui vient de remettre
son maître en selle, s'écrie : « Seigneur, le diable
emporte l'âne ! — Quel diable ? demande don Quichotte. — Celui des vessies. — Sois tranquille, je
retrouverai ce démon, alors même qu'il se cacherait
au fond de l'enfer. — C'est inutile, reprend Sancho,
le diable vient de tomber, et le grison revient vers
nous. — Qu'importe , je veux châtier ces insolents. »

Don Quichotte éperonne sa monture. Les comédiens, le voyant venir et jugeant que ses intentions
ne doivent pas être bonnes, mettent pied à terre et
ramassent des cailloux. Don Quichotte s'arrête. « Ils
ne sont pas chevaliers, dit-il à Sancho, je ne puis
tirer l'épée. Toi, ami, sus à ces drôles ; venge ton
grison ! — Il n'est pas d'un bon chrétien de se
venger, réplique l'écuyer, et je m'entendrai avec
mon âne pour qu'il confie sa vengeance à ma volonté,
qui est de passer en paix tous les jours que le ciel

m'accordera. » Don Quichotte se moque de la rési-
gnation de son écuyer ; puis, tournant bride, il se
perd de nouveau dans les tristes pensées que lui
inspire l'ensorcellement de madame Dulcinée.

XVIII

LE CHEVALIER DU BOCAGE. — DON DIÉGO MIRANDA.
— LA POÉSIE ET LES POÈTES. — L'AVENTURE DES
LIONS.

Il n'entre pas dans mon dessein de raconter les
mille et une ingénieuses aventures de don Quichotte,
de faire tenir en un volume ce qui en forme quatre.
Je suis à grandes enjambées la marche du roman, et
je m'exprimerais mal en disant que je m'arrête aux
beaux passages, car il n'y a d'autres longueurs,
dans cette œuvre si vivante, que les *Nouvelles* dont
j'ai déjà parlé, et que Cervantès lui-même ne
trouvait pas là à leur place. Mes citations ne signa-
lent donc que les parties de premier ordre, celles
qu'il est bon de connaître, voire de méditer.

Pour passer la nuit qui suit leur aventure avec
les comédiens, le maître et l'écuyer s'établissent
sous de grands arbres. Rossinante et le grison sont
laissés libres de paître à leur gré, et, parfois, se
reposant de manger, ils se grattent mutuellement :
Rossinante place alors son cou en croix sur celui du
grison, qu'il dépasse d'une demi-aune, et tous deux
pacifiques, immobiles, contemplent la terre avec
attention. « Leur amitié est touchante, dit le malicieux auteur, et comparable à celle d'Euryale et de
Nisus. Elle est de nature à faire rougir les hommes,

7*

qui, entre eux, respectent si peu les devoirs qu'impose l'amitié. »

Don Quichotte et Sancho reposent, lorsque le premier est réveillé par un bruit qu'il ne peut d'abord s'expliquer. Il regarde, et distingue deux hommes à cheval, dont l'un se laisse glisser de sa selle et dit à l'autre : « — Mets pied à terre, ami, et enlève le mors des chevaux. » L'inconnu s'étend sur la terre, un bruit de fer résonne, c'est celui d'une armure. Don Quichotte reconnaît un chevalier errant, secoue Sancho, lui annonce une aventure. — Que Dieu nous l'envoie bonne, répond l'écuyer.

En ce moment, le chevalier *du Bocage* se met à réciter d'une voix plaintive, coupée de soupirs, des vers adressés à sa dame ingrate, la belle Casildée de Vandalie, qu'il déclare la plus belle personne du monde. A ces mots don Quichotte se redresse, et s'abouche avec le chevalier du Bocage, tandis que Sancho aborde son écuyer. Bientôt les deux serviteurs causent amicalement, se racontent ce qu'ils espèrent de la fortune et de leurs maîtres. Leurs gosiers se sèchent, et l'écuyer du Bocage tend une outre pleine à Sancho, qui la colle à ses lèvres, regarde les étoiles pendant dix minutes, qualifie le vin d'excellent, et cite son cru. — Quel connaisseur vous êtes ! s'écrie son compagnon.

« J'ai un instinct si développé et si naturel pour apprécier les vins, réplique Sancho, qu'il suffit de m'en donner un flacon à sentir pour que je devine sa patrie, son cru, sa saveur et toutes les qualités habituelles aux vins. Il ne faut pas s'en étonner : j'ai eu dans ma famille, du côté de mon père, les deux plus célèbres dégustateurs que la Manche ait possédés durant de longues années. Comme preuve de

leur habileté, voici ce qui leur arriva. On leur donna à goûter le vin d'une cuve, leur demandant leur avis sur l'état,
la qualité, la bonté ou les défauts de ce vin. L'un le goûta
du bout de la langue, l'autre ne fit que l'approcher de son
nez. Le premier déclara que le vin avait une saveur de fer,
le second qu'il sentait plus encore le cuir. Le propriétaire
du vin affirma que la cuve était propre, que son vin, sans
mélange, ne pouvait sentir ni le fer ni le cuir. Les deux
dégustateurs, néanmoins, soutinrent leur dire. Le temps
passa, le vin se vendit, et, en nettoyant la cuve, on trouva
au fond une petite clef suspendue à une lanière de cuir de
Cordoue. Que Votre Grâce juge si, lorsqu'on descend d'une
telle race, on peut donner son avis. »

Pendant ces propos, apaisant de temps à autre
leur soif, car l'assouvir eût été impossible, les deux
écuyers entendent leurs maîtres parler de leurs
dames et des hauts faits qu'ils ont accomplis. Le
chevalier du Bocage se vante d'avoir vaincu tous les
chevaliers d'Espagne, y compris le fameux don
Quichotte, lequel se récrie. Comme son interlocuteur affirme, don Quichotte se fait connaître, et le
chevalier du Bocage doit avouer qu'il a été victime
d'un enchanteur, lequel lui a présenté un faux don
Quichotte. En fin de compte, il reste convenu que
l'on se mesurera aussitôt le jour venu, et les écuyers
sont avisés d'avoir à tenir les chevaux prêts dès
l'aurore. Celui du Bocage rappelle alors à Sancho
qu'il est de règle que les serviteurs ne restent pas
oisifs, tandis que leurs maîtres sont aux prises :

« Donc, ajoute-t-il, nous nous empoignerons, durant la
rencontre de nos seigneurs, pour nous mettre en pièces.
— Señor écuyer, répond Sancho, je n'ai jamais entendu
mon maître parler d'une telle coutume, et il sait par cœur
toutes les règles de la chevalerie. D'un autre côté, si cette
loi existe, je préfère payer l'amende imposée aux écuyers

pacifiques. J'aime mieux payer l'onguent que la charpie qu'il faudrait pour me panser la tête, que je tiens déjà pour rompue. Une autre cause, du reste, m'empêche de me battre, c'est que je n'ai pas d'épée, et que de ma vie je n'en ai porté.

— Pour ces cas je connais un bon remède, répond l'écuyer du Bocage ; j'ai là deux sacs de toile de même dimension ; vous prendrez l'un, moi l'autre, et nous nous battrons à armes égales, c'est-à-dire à coups de sacs.

— A la bonne heure ! s'écrie Sancho ; notre combat servira ainsi à nous épousseter plutôt qu'à nous blesser.

— Nenni, réplique l'autre ; dans les sacs, afin que le vent ne les emporte pas, nous placerons une demi-douzaine de jolis cailloux bien polis, pesant autant les uns que les autres ; ainsi armés, nous pourrons nous épousseter.

— Corps de mon père, s'écrie Sancho, quels flocons il fourre dans les sacs ! Mais, fussent-ils remplis de cocons de soie, sachez, señor, que je ne me battrai pas. Que nos maîtres s'écharpent, grand bien leur fasse ; nous, buvons et vivons ; le temps se charge assez bien de nous enlever la vie sans que nous cherchions des excitants pour qu'elle s'achève avant la saison, et sans être mûre. Puis, je ne serai ni assez discourtois, ni assez ingrat, pour lutter avec l'homme qui m'a fait boire et manger, d'autant plus que, sans colère et sans motif, qui diable aurait l'idée de se battre ?

— Je trouverai remède à cela, reprend l'écuyer du Bocage ; avant de commencer la bataille, je m'approcherai bonnement de Votre Grâce, et je vous appliquerai trois ou quatre soufflets qui vous renverseront à mes pieds, ce qui éveillera votre colère alors même qu'elle serait plus endormie qu'un loir.

— Contre ce coup j'en sais un autre, réplique Sancho, et qui vaut encore mieux. J'empoignerai un gourdin, et, avant que Votre Grâce ait réussi à réveiller ma colère, j'endormirai si bien la vôtre à coups de bâton, qu'elle ne se réveillera que dans l'autre monde. Nul ne connaît l'âme du prochain, et tel qui vient pour la laine s'en retourne tondu. Si un chat poursuivi, enfermé, bloqué, se change en lion, Dieu sait en quoi je me changerai, moi qui suis un homme ! »

N'est-ce pas là une merveilleuse scène de comédie, d'un naturel parfait, et rappelant notre Molière ? Elles sont fréquentes chez Cervantès ces peintures prises sur le vif du caractère des hommes ; et elles prouvent que le naturalisme, le bon, n'est pas précisément une découverte contemporaine.

Le jour naissant trouve l'adversaire de don Quichotte équipé, la visière déjà baissée. Sur son armure il porte une tunique ornée de brillants miroirs en forme de lunes, parure qui lui donne bon air. Sa lance est longue et forte. Il demeure convenu, entre les deux champions qui se mettent en selle, que le vaincu restera à la merci du vainqueur, à la seule condition qu'il ne sera rien ordonné de contraire aux lois de la chevalerie. Les deux adversaires prennent du champ, le chevalier *des Miroirs* fait brusquement volte-face, et pousse aussitôt sa monture qui s'arrête net à mi-chemin, sans que les éperons de son maître puissent la faire avancer. Don Quichotte arrive sur son antagoniste qui n'a pas le temps de relever sa lance, et lui porte un tel coup que le malheureux chevalier tombe lourdement sur le sol. Don Quichotte met pied à terre, dénoue les cordons de la visière de son ennemi afin qu'il puisse respirer, et que voit-il, bon Dieu ! Rien moins que les traits, le visage, l'aspect, la physionomie, l'effigie, la perspective de son nouvel ami et voisin, le joyeux bachelier Samson Carrasco. Il appelle Sancho, afin de lui montrer une fois de plus ce que peut la puissance des enchanteurs.

Le chevalier revient à la vie, et, sommé de confesser l'incomparable beauté de madame Dulcinée, il s'exécute. Il lui faut confesser aussi que, cette fois, il a été bel et bien vaincu par le don Quichotte authentique, lequel, fier et glorieux de sa victoire, s'éloigne suivi de Sancho.

La vérité de l'aventure, c'est que le bachelier Samson, d'accord avec le curé et le barbier, et dans une charitable intention, s'était proposé de faire partir don Quichotte, et l'avait en quelque sorte mis en route. Alors, sous l'aspect d'un chevalier errant, il devait le suivre, le rejoindre, le provoquer, avec la certitude que lui donnait sa vigueur et sa jeunesse de vaincre le pauvre hidalgo. Le tenant vaincu et à merci, il voulait lui enjoindre de regagner son village et de s'y tenir en repos, ne doutant pas qu'il obéît avec soumission, pour ne pas enfreindre les lois de sa chère chevalerie. Mais l'homme propose et Dieu dispose ; par le malencontreux entêtement de son cheval de louage, le charitable bachelier avait été renversé, vaincu, meurtri, et il lui fallut regagner piteusement son village, non sans lancer plusieurs énergiques malédictions à l'adresse de celui qui l'avait mis en si triste état.

Pendant ce temps don Quichotte chemine, et rencontre un cavalier qui, surpris de son équipement, ralentit le pas de sa monture pour l'examiner. Don Quichotte remarque cette curiosité, et, avec sa courtoisie habituelle, révèle au voyageur son nom, sa qualité, sa profession. Surpris de ce qu'il entend, le voyageur avoue avoir lu des livres de chevalerie, mais les avoir toujours tenus pour des récits imaginaires. Don Quichotte essaie de le détromper, et plaide la cause qui lui est chère avec de si bons raisonnements, que son interlocuteur se demande à tour de

rôle s'il entend parler un sage ou un fou. Don Quichotte, de son côté, interroge le voyageur sur sa condition et son état.

« — Moi, seigneur chevalier de la Triste-Figure, répond
le cavalier, je suis un hidalgo né dans un village où nous
irons dîner aujourd'hui, s'il plaît à Dieu. Je suis plus que
médiocrement riche, et je me nomme don Diégo de Miranda. Ma vie s'écoule entre ma femme, mes enfants et
mes amis. Mes exercices sont la chasse et la pêche. Cependant je n'entretiens ni faucons, ni lévriers, mais un chien
d'arrêt docile ou un furet hardi. Je possède six douzaines
de volumes environ, les uns en espagnol, les autres en
latin, quelques-uns d'histoires, d'autres de dévotion. Quant
aux livres de chevalerie, ils n'ont jamais franchi le seuil de
ma porte. Je feuillette plus volontiers les livres profanes
que les livres de dévotion, pourvu qu'ils soient d'un honnête
amusement, que leur langage soit agréable, qu'ils sur-
prennent et plaisent par l'invention, bien qu'il y en ait peu
de ce genre en Espagne. De temps à autre je dine chez mes
amis, et je les invite souvent. Mes repas sont servis avec
propreté et abondance. Je n'aime pas à médire, et je ne per-
mets pas que l'on médise devant moi. Je ne scrute pas la
vie des autres, et ne suis pas aux aguets pour savoir ce qu'ils
font. J'entends la messe chaque matin ; je partage mes
biens avec les pauvres, sans me vanter de mes bonnes
œuvres, afin de ne pas laisser entrer dans mon cœur l'hypo-
crisie et la vanité, ennemis qui se glissent doucement dans
le cœur le plus circonspect ; je cherche à rétablir la bonne
harmonie entre ceux qui sont brouillés ; je suis dévot à la
vierge, et je me fie toujours à la miséricorde de Dieu. »

Cette peinture d'une vie sage n'est-elle pas déli-
cieuse, et qui ne voudrait, après l'avoir entendu
parler, être don Diégo ? Ce fut l'avis de Sancho qui,
sautant à bas de son grison, alla tout ému baiser la
main du gentilhomme, en le félicitant à sa manière.

Don Quichotte, continuant à interroger son compagnon, apprend qu'il a un fils qui le désole par son

amour pour la poésie. — Il a dix-huit ans, dit l'hidalgo, et je voudrais lui voir étudier les lois, car la
poésie n'est pas une science. Mais il s'occupe d'Homère, de Virgile, de Juvénal, et fait peu de cas des
poètes modernes.

Don Quichotte réplique, et nous allons voir, par
sa réponse, combien les idées de Cervantès, sur
l'éducation, se rapprochent de celles de notre temps.
N'oublions pas, pour en bien juger, qu'il écrivait il
y a tout près de trois siècles.

« Les enfants, seigneur, dit notre chevalier, font partie
des entrailles de leurs pères ; c'est pourquoi, bons ou mauvais, il faut les aimer comme nous aimons les âmes qui
animent nos corps. C'est aux pères qu'il appartient de diriger
les enfants, dès leur jeunesse, sur les sentiers de la vertu,
de la politesse, des saines et chrétiennes coutumes, afin
qu'une fois hommes ils deviennent le soutien de la vie
de leurs parents , la gloire de leur postérité. Pour ce
qui est de forcer un jeune homme à étudier plutôt telle
science que telle autre, je ne trouve pas sage cette façon
d'agir, au moins quand l'étudiant est assez heureux pour
compter sur des moyens d'existence. Bien que la poésie
soit plus agréable qu'utile, elle n'est pas de ces sciences qui
puissent déshonorer ceux qui les cultivent.

La poésie, à ce qu'il me semble, seigneur hidalgo, est
comme une jeune fille à la fleur de l'âge, belle à ravir, que
prennent soin de parer et d'embellir d'autres jeunes filles
qui sont les autres sciences ; car la poésie doit se servir de
toutes, et toutes doivent se servir d'elle. Mais cette jeune
fille, il ne faut ni la promener dans les rues, ni la mener
dans les carrefours ou dans les antichambres des palais.
Elle est d'une telle nature que ceux qui savent la traiter
peuvent la changer en un or pur, d'inestimable prix. Celui
qui la possède doit la tenir en bride, ne pas la laisser s'éga-
rer en sottises honteuses ou en sonnets impies... qu'elle
évite de fréquenter les bouffons ou le vulgaire ignorant, incapable de reconnaître et d'estimer le prix des trésors qu'elle

L'aventure des lions.

possède. Et ne croyez pas que, par ce nom de vulgaire, je veuille désigner uniquement les humbles plébéiens ; tout ignorant, fût-il seigneur ou prince, peut et doit entrer dans la catégorie du vulgaire. Mais celui qui, favorisé par la poésie, la traitera avec les soins délicats que je viens d'énumérer, rendra son nom célèbre chez toutes les nations policées.

Maintenant, seigneur, touchant ce que vous dites que votre fils estime peu la poésie moderne, mon avis est qu'il se trompe en cela, et voici pourquoi : le grand Homère n'écrivait pas en latin parce qu'il était grec, et Virgile n'a pas écrit en grec parce qu'il était latin. En un mot, les poètes anciens ont écrit dans la langue qu'ils ont sucée avec le lait de leur nourrice, et ne sont pas allé chercher un idiome étranger pour exprimer leurs nobles pensées. Par conséquent, il serait bon que cette coutume s'étendît à toutes les nations, et qu'on ne méprisât pas le poète allemand parce qu'il écrit dans sa langue, ni le poète espagnol qui écrit dans la sienne.

A ce que j'imagine, ce n'est pas la poésie moderne que méprise votre fils ; mais ces rimeurs qui ne connaissent ni aucune langue ni aucune science capable d'orner, de réveiller leur talent naturel. On naît poète, et, poussé par ce talent naturel que l'on doit au ciel, on peut, sans étude et sans art, composer des vers qui rendent vraies les paroles de celui qui a dit : *Est Deus in nobis*. Cependant, le poète inspiré qui s'aidera de l'étude sera supérieur au poète inculte, l'emportera sur lui. Ce n'est pas que l'art l'emporte sur la nature, mais il la perfectionne et, de leur union, naît un poète parfait. Ma conclusion, seigneur, c'est que vous devez laisser votre fils suivre son étoile, attendu que les lettres honorent toutes les conditions. Combattez le jeune homme s'il compose des satires préjudiciables à l'honneur d'autrui, châtiez-le même, en ce cas, et déchirez ses œuvres. Mais s'il est honnête, il le sera dans ses vers ; car la plume est la langue de l'âme, et les pensées que l'une enfante, l'autre les écrit. Aussi, lorsque les rois voient le merveilleux talent de la poésie chez des hommes sages, vertueux et graves, ils honorent ces hommes, les estiment, les couronnent même des feuilles de cet arbre que respecte la foudre, comme pour montrer que personne ne doit offenser ceux dont le front est orné d'une telle parure. »

Don Diégo, après avoir entendu son compagnon discourir avec tant de sagesse, cessa de le prendre pour un fou. Il réfléchissait à ce qu'il venait d'entendre lorsqu'un chariot, orné de bannières, parut sur la route. Le cocher, interrogé, apprend aux voyageurs que le chariot contient des cages où sont renfermés des lions dont on a fait don au roi. L'idée de combattre ces animaux féroces naît aussitôt dans la cervelle de notre chevalier, qui ordonne brusquement au gardien d'ouvrir la cage du plus redoutable des lions. Le gardien refuse, don Quichotte se fâche ; l'hidalgo veut s'interposer ; don Quichotte ne veut rien écouter. Don Diégo et Sancho s'éloignent, le gardien est forcé d'ouvrir, et notre chevalier, épée en main, regarde son terrible ennemi, le défie. Le lion le regarde de son côté, bâille, s'étire, puis se couche en lui tournant le dos. Don Quichotte veut que le gardien le frappe, le force à sortir. — « Je ne le ferai pas, répond l'autre, car le premier qu'il mettra en pièces ce sera moi. Du reste, la grandeur d'âme de Votre Grâce est assez prouvée ; un brave combattant peut se borner à attendre son ennemi ; si celui-ci ne se présente pas, c'est qu'il s'avoue vaincu. »

Le chevalier se rend à cette raison, et appelle les fuyards. Le chariot se remet en marche, et don Quichotte accepte l'invitation d'accompagner chez lui don Diégo, qu'en raison de son costume il qualifie de *chevalier du Vert-Gaban.*

XIX

LE THÉATRE DE MARIONNETTES. — LE BRAIMENT
DES RÉGIDORS. — RENCONTRE DU DUC ET DE LA
DUCHESSE.

Après un court séjour chez don Diégo, notre chevalier se remet en quête d'aventures, et il en rencontre
enfin une agréable, surtout pour son écuyer, en assis-
tant au mariage d'un riche fermier, puis à un repas
gargantuesque où des bœufs entiers sont servis. Un
incident vient troubler la fête ; il permet à don
Quichotte de faire briller son esprit et de montrer sa
folie, mais, cette fois, sans dommage pour lui. Il
reprend sa marche et atteint une hôtellerie qu'il veut
bien accepter pour ce qu'elle est, sans la qualifier de
château.

Là, apparaît un montreur de marionnettes, et chacun, aussitôt, de réclamer une représentation. Le
petit théâtre est dressé, et don Quichotte s'assied
au premier rang des spectateurs. Il est vite captivé,
car, dans le drame représenté, il s'agit de la déli-
vrance d'une chrétienne prisonnière des Maures,
de la belle Mélisandre. Au moment où son époux,
don Gaïféros, l'emporte en croupe, les Maures sortent
en foule de la ville pour se mettre à la poursuite des
fugitifs. Aussitôt don Quichotte se lève, saisit son
épée, insulte la canaille sarrasine qu'il veut arrêter

et, s'escrimant contre les pantins, il tranche des têtes, coupe des bras, pourfend celui-ci et meurtrit celui-là. Le montreur de marionnettes, maître Pierre, eût eu lui-même la tête fendue s'il ne fût sorti à temps de derrière son théâtre. Il essaie de s'interposer, de calmer le chevalier, c'est peine perdue. Se voyant ruiné, le pauvre saltimbanque se met à pleurer. A cette vue, don Quichotte revient à la réalité, et, devant les marionnettes mutilées qu'on lui présente, dont on lui réclame le prix, il demeure pensif.

« Je suis maintenant convaincu, dit-il enfin, de ce que j'ai déjà cru bien des fois, à savoir que les enchanteurs qui me persécutent ne font autre chose que mettre devant moi les figures telles qu'elles sont, puis ils me les transforment soudain en ce qu'ils veulent... J'ai voulu secourir ceux qui fuyaient ; si la chose a mal tourné, ce n'est pas ma faute, mais celle de ceux qui me persécutent. »

L'honnête hidalgo veut payer les dégâts, et prend pour arbitres Sancho et l'aubergiste, qui débattent les prix avec maître Pierre. Tant pour le nez devenu camus de Mélisandre, tant pour les deux moitiés de Charlemagne. Don Quichotte paie généreusement, il a hâte de rejoindre un homme qui vient de sortir de l'hôtellerie, conduisant une mule chargée de hallebardes. Il parvient à le rattraper, l'interroge, et apprend, non sans surprise, que les armes doivent servir dans un combat que vont se livrer deux villages voisins l'un de l'autre. — D'où vient leur querelle ? demande-t-il. — D'un âne, répond son interlocuteur.

Pressé de questions, l'homme raconte que le régidor de l'un des villages, ayant perdu un baudet, se lança à sa recherche dans un petit bois où il le

croyait refugié. Là, afin de forcer l'animal à révéler
sa présence, il se mit à braire d'une façon si naturelle, qu'il attira un de ses collègues qui se trouvait
à peu de distance, et auquel il expliqua son dessein.
Ce régidor, lui aussi, savait imiter le braiment des
ânes, et il offrit son aide qui fut acceptée. On se met
à l'œuvre, et les deux régidors poussaient l'imitation à un tel degré de perfection, qu'à plusieurs
reprises ils accoururent l'un vers l'autre, croyant
trouver l'animal cherché. Leurs peines furent inutiles,
car ils découvrirent l'âne au fond d'un ravin, mort.

Ils regagnèrent le village, continua le narrateur,
passablement enroués, et racontèrent leur aventure
qui bientôt fut connue dans tous les villages des
environs. Or les habitants de l'un de ces villages,
aussitôt qu'ils apercevaient quelqu'un de notre
hameau, se mettaient à braire. Les enfants, peu à
peu, se sont mêlés de la querelle, qui s'est envenimée
au point qu'une bataille est imminente, et c'est
pourquoi je porte aux nôtres les armes que vous
voyez.

Deux jours plus tard, surpris d'entendre un bruit
de tambours derrière une colline, don Quichotte
presse Rossinante et se trouve entre deux bandes
armées, dont l'une porte une bannière sur laquelle
est peint un âne. Il se dirige vers cette enseigne,
qui est celle des brayeurs. On l'entoure, surpris de
son équipement ; et, parlant avec courtoisie, il prie
qu'on veuille bien l'écouter. On lui crie de parler :

« Seigneurs, dit-il aussitôt, je suis un chevalier errant ;
mes exercices sont ceux des armes, ma profession consiste
à soutenir les gens qui ont besoin d'aide, à secourir les

malheureux. J'ai appris, il y a plusieurs jours, votre différend. Ayant réfléchi une et maintes fois sur le motif qui
vous pousse à prendre les armes, je trouve que, d'après les
lois du duel, vous êtes dans l'erreur en vous tenant pour
outragés, attendu qu'aucun particulier ne peut offenser un
village si ce n'est en l'accusant en masse de trahison. Les
Tolédains ne déclarent pas la guerre à ceux qui les
nomment *auberginois*, ni les Madrilènes à ceux qui les qua-
lifient de *baleineaux*. D'ailleurs les sages, dans les Etats
bien ordonnés, ne doivent exposer leurs vies et leurs biens
que pour quatre causes : la première, pour défendre leur
religion ; la deuxième, pour défendre leur vie, ce qui est
une loi naturelle et divine ; la troisième, pour la défense de
leur honneur ou celui de leur famille ; la quatrième, pour
défendre leur patrie. Mais prendre les armes pour des
niaiseries, pour des causes plutôt risibles qu'offensantes,
il faudrait pour cela manquer de bon sens, d'autant plus
que se venger injustement — et la vengeance ne saurait
jamais être juste — offense directement notre sainte religion, laquelle nous ordonne de faire du bien à nos ennemis et d'aimer qui nous hait. Ce commandement, bien qu'il
paraisse un peu difficile à suivre, ne l'est que pour ceux
qui préfèrent le monde à Dieu, et ont plus de chair que
d'esprit. »

Les auditeurs de don Quichotte l'écoutent silencieux, ses sages raisons les portent à réfléchir, ils
sentent leur colère s'apaiser. Comme le chevalier
vient de se taire pour reprendre haleine, Sancho en
profite, prend la parole pour son compte et s'écrie :

« Mon maître, *don Quichotte de la Manche*, qui dans un
temps se nomma le *Chevalier de la Triste-Figure* et se
nomme aujourd'hui le *Chevalier des Lions*, est un hidalgo
judicieux, qui sait le latin aussi bien qu'un bachelier. Dans
tout ce qu'il traite et conseille, il procède en excellent soldat, et connaît sur le bout des doigts les lois et ordonnances
de ce qu'on nomme le duel. Il n'y a donc qu'à suivre ses
avis ; s'il se trompe, que l'on s'en prenne à moi. D'ailleurs,
ainsi qu'il l'a très bien dit, c'est une sottise de se fâcher

au seul bruit d'un braiment. Je me souviens que, lorsque j'étais petit, je brayais, chaque fois que l'envie m'en prenait, sans que personne y mît obstacle. Et je brayais avec tant de grâce et de naturel, qu'en m'entendant tous les ânes se mettaient à braire. Je n'en étais pas moins pour cela le fils de mes pères, gens des plus honorables. Et, bien que je fusse envié par plus de quatre coqs de l'endroit pour ce talent, je n'en faisais pas plus de cas que d'un maravédis. Afin qu'on voie que je dis la vérité, attendez et écoutez! Cette science est comme celle de la natation : une fois sue, elle ne s'oublie jamais. »

Son discours achevé, Sancho serre son nez entre ses doigts, et commence à braire si fort que toutes les vallées en retentissent. Un de ceux qui se trouvent près de lui croit qu'il veut se moquer, lève la gaule qu'il a en main, et la laisse tomber et retomber sur les épaules du pauvre écuyer avec une telle force, que le malheureux, étourdi, roule sur le sol. Don Quichotte, voyant maltraiter son compagnon, se jette sur l'agresseur la lance en arrêt, mais tant de gens s'interposent qu'il ne peut le venger. Voyant, au contraire, une nuée de pierres s'abattre sur lui, mille arquebuses et autant d'arbalètes le menacer, le chevalier rend la bride à Rossinante et s'éloigne, craignant, à chaque pas, de sentir une balle lui entrer par les épaules et lui sortir par la poitrine.

On se contente de le laisser fuir ; on place Sancho encore étourdi sur son grison, et le brave animal suit les pas de Rossinante, dont il ne se séparait jamais. Don Quichotte, déjà loin, tourne la tête, voit venir Sancho que personne ne poursuit, et l'attend. Arrivé près de son maître, le pauvre écuyer se laisse choir haletant, moulu, rompu. Don Quichotte descend de cheval, le palpe, cherche ses blessures et,

CERVANTÈS. 8

n'en trouvant aucune, il lui dit avec une pointe de colère :

« Vous avez su braire à mauvaise heure, Sancho. Où avez-vous vu, vous qui débitez tant de proverbes, qu'il fût bon de parler de corde dans la maison du pendu ? A musique de braiment, quelle mesure pouvait-on marquer, si ce n'est de coups de gaule ?

— Je ne suis pas en état de répondre, dit Sancho, car il me semble que je parle par es épaules. Remontons sur nos bêtes et éloignons-nous d'ici ; j'imposerai silence à mes braiments, mais je ne cesserai de répéter que les chevaliers errants fuient et abandonnent leurs bons écuyers, les laissant, moulus comme plâtre, au pouvoir de leurs ennemis.

— Celui qui se retire ne fuit pas, réplique don Quichotte. Il faut que tu saches, Sancho, que la valeur qui n'a pas la prudence pour guide se nomme témérité, et que les hauts faits du téméraire sont plutôt attribués à la bonne fortune qu'à son courage. Aussi, je confesse que je me suis retiré, non que j'ai fui. En cela, j'ai imité nombre de braves, qui se sont réservés pour des temps meilleurs : les histoires sont pleines de ces faits. »

Sancho, aidé par son maître, remonte sur son âne, et les deux aventuriers se dirigent vers un bois qu'ils aperçoivent à distance. De temps à autre l'écuyer gémit, soupire douloureusement. Don Quichotte lui demande la cause de ce chagrin, et Sancho répond que, de l'extrémité de l'échine à la nuque, il souffre au point d'en perdre connaissance.

« — La cause de ce mal, lui dit son maître, vient sans doute de ce que la gaule avec laquelle on t'a frappé était longue et droite ; elle t'a cinglé les épaules, où se trouvent les parties dont tu te plains ; si elle t'eût frappé plus bas, tu souffrirais davantage.

— Par Dieu, réplique Sancho, Votre Grâce m'a tiré d'un grand doute et vient de me l'expliquer en bons termes.

Corps de ma vie! La cause de mon mal est-elle si cachée qu'il soit besoin de me dire que j'ai mal partout où la gaule m'a atteint ? Si les chevilles me cuisaient, il faudrait peut-être chercher pourquoi elles me cuisent ; mais déclarer que j'ai mal où l'on m'a gaulé, ce n'est pas être devin. Sur ma foi, seigneur notre maître, le mal d'autrui pend à un cheveu, et je découvre chaque jour le peu de fond que je dois faire du résultat de mon association avec Votre Grâce. Si vous m'avez laissé bâtonner tout à l'heure, nous reviendrons au bernement de l'autre jour. Je ferais mieux — mais je suis un niais et ne ferai rien de bon en ma vie — je ferais bien mieux, dis-je, de retourner vers ma demeure, ma femme et mes enfants; de soutenir l'une et d'élever les autres à l'aide de ce qu'il plaira à Dieu de m'accorder, plutôt que de cheminer derrière Votre Grâce par des routes et des sentiers qui n'en sont pas, buvant mal et mangeant plus mal encore... Je voudrais voir brûlé, et réduit en cendres, le premier qui s'est avisé de chevalerie errante, ou du moins le premier qui a consenti à servir d'écuyer aux sots tels qu'ont dû l'être les chevaliers errants passés. De ceux d'aujourd'hui je ne dis rien ; je les respecte même parce que Votre Grâce est du nombre.

— Je parierais à coup sûr avec vous, Sancho, s'écrie don Quichotte, qu'en ce moment, où vous parlez sans que personne s'y oppose, nulle partie de votre corps ne vous fait mal. Vous voulez retourner près de votre femme ; eh bien, vous avez de l'argent à moi ; faites votre compte, et partez. »

Le passage où Sancho, en paysan avide et rusé, établit son compte pour n'avoir rien à restituer à son maître, est une scène de comédie aussi bien observée qu'amusante, je..... mais comment tout citer ? Donc les comptes sont réglés et le chevalier s'écrie :

« Tire les rênes ou le licou de ton grison, maintenant, et retourne chez toi; tu ne feras aucun pas de plus en ma compagnie. O pain mal agréé! ô promesses mal placées !

ô homme qui tiens plus de la brute que de l'humanité ! c'est
au moment où je songeais à t'établir de façon qu'en dépit
de ta femme on t'appelât seigneurie, que tu m'abandonnes !
Tu pars lorsque j'avais la ferme et valable intention de te
rendre maître de la meilleure île du monde! Enfin, ainsi
que tu l'as dit en d'autres occasions: le miel n'est pas fait
pour la bouche de l'âne. »

Sancho s'émeut, pleure aux paroles de son maître.
Il s'excuse, avoue ses torts qui, dit-il, viennent de sa
jeunesse. Il implore son pardon, l'obtient, et les
deux aventuriers cheminent de nouveau en paix. Ils
manquent de se noyer en s'embarquant dans un canot
enchanté, et se trouvent un beau jour en face de
chasseurs de haute volée au milieu desquels cavalcade une belle dame montée sur un palefroi à la
selle ornée d'argent.

Gracieuse, élégante, l'amazone porte un faucon sur
le poing gauche, détail qui la fait reconnaître par
don Quichotte pour une grande dame. Il envoie
aussitôt Sancho vers la noble chasseresse, s'informer
si elle veut permettre au *chevalier des Lions* de lui
offrir ses services. La dame accepte, présente
l'écuyer au duc son mari, puis s'informe si le *chevalier des Lions* ne serait pas le chevalier de la *Triste-
Figure*, dont l'histoire imprimée circule sous le titre
de : *l'Ingénieux hidalgo don Quichotte de la Manche ;*
lequel chevalier a pour dame une personne nommée
Dulcinée. — C'est lui-même, répond l'écuyer, et je
suis le Sancho Pança de ladite histoire, si l'on ne
m'a pas changé en nourrice, c'est-à-dire à l'imprimerie.

Don Quichotte est accueilli avec empressement
par le duc et la duchesse qui, heureux de cette ren-

contre, prient le chevalier de les accompagner à leur château, où il recevra une hospitalité digne de son haut mérite. L'offre est acceptée, et bientôt on arrive cette fois dans un véritable palais où Sancho, consolé, espère trouver une abondance au moins égale à celle qui lui a tant plu chez don Diégo.

XX

SANCHO GOUVERNEUR DE L'ILE DE BARATARIA.

Don Quichotte et Sancho sont vite aussi heureux l'un que l'autre dans le château des grands seigneurs qui leur donnent l'hospitalité, car ils n'ont plus à se mettre en quête d'aventures ni de mésaventures, elles viennent d'elles mêmes au-devant d'eux. Le duc et la duchesse dont Cervantès n'a pas révélé le nom, ce qui a mis les érudits en chasse sur un point dont la solution est pour nous sans intérêt, se divertissent de l'humeur si distincte des deux héros, sans cesser toutefois de les traiter avec courtoisie. La première aventure importante est celle de la duègne Doloride qui, rendue barbue ainsi que ses collègues par un enchanteur, vient réclamer pour sa fille, ensorcelée comme elle par les amis du géant Malambruno, l'aide puissante du bras de don Quichotte. Il faut, pour rencontrer le géant, monter sur un cheval de bois nommé Chevillard, lequel voyage à travers l'espace. Don Quichotte, intrépide et généreux à son ordinaire, est tout prêt à partir ; mais, de par les enchanteurs et pour que la valeur de son maître ne soit pas vaine, Sancho doit l'accompagner. Le bon écuyer résiste. La duchesse lui a promis de le nommer gouverneur d'une île qu'elle possède, et le futur gouverneur ne veut pas compromettre sa

Sancho chez la duchesse.

dignité aux yeux de ses futurs gouvernés, lesquels, à son dire, auraient peu de confiance dans un homme qui se serait promené par les airs. D'ailleurs, il ne craint pas d'avouer que le courage n'est pas son fait, étant écuyer et non chevalier. Il a, en outre, d'autres devoirs à remplir, car, dans une précédente aventure, un enchanteur a déclaré que madame Dulcinée ne perdra la forme de paysanne qu'après que lui, Sancho, se sera administré trois mille trois cents coups d'étrivières. Cette flagellation, cette pénitence que Sancho n'a consenti à exécuter que sur les prières et les promesses de récompenses de don Quichotte, paraît à l'écuyer une assez lourde charge, et, jusqu'à nouvel ordre, il n'en veut assumer aucune autre.

Lorsque Chevillard est triomphalement apporté par quatre hommes déguisés en sauvages, et que l'heure de se mettre en selle est venue, Sancho expose de nouveau ses raisons. — Nous savons tous, dit alors le duc avec gravité, qu'il n'existe aucun emploi, surtout important, qui s'obtienne d'autre façon que par un pot-de-vin ; or, celui que j'exige de Sancho, en échange du gouvernement qui lui a été octroyé, c'est qu'il accompagne son maître. A son retour, il trouvera non seulement son île, mais ses insulaires, disposés à se laisser gouverner.

Sancho cède ; aussitôt don Quichotte s'approche de lui et l'engage, avant que l'on parte, à s'administrer, à titre d'acompte sur les trois mille trois cents convenus, au moins une demi-douzaine de coups de lanières, les choses commencées étant, comme dit un proverbe, à demi terminées. Sancho se révolte ;

8*

est-ce à l'heure où il va se mettre en selle, et cela sur un cheval de bois, qu'il faut lui demander de se meurtrir le séant ? Au retour il s'exécutera, il le promet.

Le maître et l'écuyer sont enfin sur le dos de Chevillard. On leur a bandé les yeux afin qu'ils ne soient pas aveuglés lorsque, dans leur vol, ils passeront près du soleil. Sancho se lamente, don Quichotte reste impassible et, le signal donné, tourne la cheville qui doit mettre le cheval en route. Aussitôt il entend les voix des assistants parler de la rapidité avec laquelle il s'élève, et lui crier courage. Sancho tient son maître à bras le corps, le serre à l'étouffer, et les deux aventuriers se croient dans les airs, car tour à tour on les évente ou on leur chauffe le visage à l'aide d'étoupes enflammées. Sancho est tenté de soulever un peu son bandeau, mais son maître lui rappelle qu'ils seront alors précipités du haut des étoiles sur la terre, qu'ils en ont été bien prévenus. A la fin, après mille plaisantes péripéties, une détonation retentit, le cheval se disloque, don Quichotte tombe à gauche et son écuyer à droite. Ils arrachent les bandeaux dont leurs yeux sont couverts et se voient dans le parc duquel, bien entendu, ils ne sont jamais sortis.

Toutefois, les duègnes barbues ont disparu. Par une énorme pancarte fichée en terre, don Quichotte apprend que Malambruno, désespérant d'avoir raison de lui, s'est déclaré vaincu, et que tous les enchantements ont aussitôt cessé.

Mais Sancho a dûment gagné son île ; aussi, le duc donne immédiatement des ordres secrets à ses vassaux, puis il engage l'écuyer, qui raconte avec malice son voyage imaginaire, à se tenir prêt à partir pour son gouvernement. On se met en peine pour le vêtir d'une façon qui convienne à sa nouvelle dignité, et lui d'en rire. — Habillez-moi comme vous voudrez, dit-il avec son bon sens malicieux, quoi que vous fassiez, je serai toujours Sancho Pança.

Avant de laisser partir son écuyer, don Quichotte, qui n'est pas sans inquiétude sur la façon dont il va se conduire dans sa nouvelle charge, l'emmène dans sa chambre, et là lui donne de si sages conseils qu'il serait regrettable de ne pas les rapporter.

« Je rends des grâces infinies, ami Sancho, dit le chevalier d'une voix lente, de ce que le bonheur est venu à ta rencontre avant de venir à la mienne. Moi qui comptais sur mon heureux sort pour te payer de tes services, j'en suis encore aux espérances, et toi, avant le temps, contre toute sage prévision, tu vois tes désirs comblés. D'autres prodiguent les dons, sollicitent, importunent, se lèvent matin, prient, insistent et n'obtiennent pas ce qu'ils demandent. Un autre arrive, et, sans qu'on sache pourquoi ni comment, il prend possession de la charge ou de l'office que tant de personnes ont en vain sollicité. Ici vient à propos le proverbe qui dit: dans la chasse aux places, il y a heur et malheur. Toi qui —cela ne faisait aucun doute pour moi— n'étais qu'un lourdaud, voilà que, sans te lever matin, sans veiller, sans la moindre démarche, uniquement parce que tu as touché au souffle de la chevalerie errante, on te nomme d'emblée gouverneur d'une île! Je te dis cela, Sancho, afin que tu n'ailles pas attribuer à tes mérites la faveur que tu as reçue ; puis, afin que tu rendes grâces au ciel qui a disposé doucement les choses, et à la grandeur que renferme la profession de chevalier errant. Le cœur bien pénétré de ce que je viens de dire, sois attentif aux paroles du nouveau Caton qui veut te conseiller, te servir de guide et de boussole au milieu de cette mer orageuse sur laquelle tu vas te lancer, et te diriger vers l'abri d'un port sûr, attendu que les offices et les grandes charges ne sont autre chose qu'une mer hérissée d'écueils.

« D'abord, fils, il te faut craindre Dieu ; cette crainte est le commencement de la sagesse, et, si tu es sage, tu ne pourras errer en rien.

« En second lieu, n'oublie pas qui tu es, et fais tous tes efforts pour te connaître toi-même ; c'est l'étude la plus difficile que l'on puisse imaginer. Cette connaissance t'enlèvera l'envie de te gonfler, ainsi que le fit la grenouille qui voulut rivaliser avec le bœuf, et, jointe au souvenir d'avoir gardé les porcs dans ton village, elle devra, comme pour le paon lorsqu'il regarde ses pattes, empêcher ta vanité de faire la roue.

— Cela est vrai pour l'époque où j'étais enfant, répond le malicieux Sancho ; en grandissant, ce sont les oies que j'ai gardées, non des porcs... D'ailleurs, tous ceux qui nous gouvernent ne descendent pas de souche royale.

— Tu as raison ; c'est pourquoi ceux qui sont nobles d'origine doivent tempérer la gravité de la charge qu'ils remplissent par la douceur. Vante-toi, Sancho, de l'humilité de ta naissance, et ne crains pas d'avouer que tu es fils de laboureur. Voyant que tu n'en rougis pas, nul ne songera à te le reprocher ; en un mot, attache plus de prix à être un humble vertueux qu'un riche orgueilleux. Le nombre de ceux qui, d'une basse naissance, se sont élevés aux dignités pontificales ou impériales est considérable.

« N'oublie pas, Sancho, que, si tu prends la vertu pour guide et si tu mets tes soins à n'accomplir que de vertueuses actions, tu n'auras rien à envier aux grands ; on hérite de la noblesse, mais la vertu s'acquiert, et la vertu vaut plus que la noblesse.

« Ne te laisse pas guider par la loi de l'arbitraire ; elle ne triomphe que parmi les ignorants qui se croient habiles.

« Que les larmes du pauvre trouvent en toi plus de compassion, mais non plus de justice que les plaintes du riche.

« Cherche à découvrir la vérité dans les promesses et les dons de l'homme favorisé par la fortune, aussi bien que dans les gémissements et les importunités du pauvre.

« Quand il y a lieu d'écouter l'équité, ne frappe pas le coupable de toute la rigueur des lois ; la renommée de juge implacable ne vaut pas mieux que celle de juge compatissant.

« Si par hasard tu fais incliner la balance de la justice, que ce ne soit jamais sous le poids d'un cadeau, mais sous celui de la miséricorde.

« S'il t'arrive de juger les procès d'un de tes ennemis, écarte ta pensée du souvenir de l'injure que tu as reçue, pour ne la porter que sur la vérité du cas.

« Que la passion ne t'aveugle pas dans la cause du prochain ; les erreurs que tu commettrais seraient le plus souvent sans remède, et ne pourraient se réparer qu'aux dépens de ta renommée et même de ta bourse.

« Celui que tu dois châtier en action, ne le maltraite pas en paroles ; la peine du supplice suffit à ce malheureux, sans y ajouter celle des injures. »

Après ce discours si plein de sagesse et d'humanité, et qui fut écrit à une époque où tout ce que recommande don Quichotte n'était le plus souvent que de vains mots, le chevalier entreprend son écuyer sur ses manières, sur son langage rustique, sur ses défauts. Sancho s'inquiète à la fin, et déclare à son maître que, s'il ne le juge pas bon à être gouverneur, il est prêt à renoncer à cette dignité, préférant son âme à son corps. « Je nourrirai aussi bien Sancho tout sec de pain et d'oignons, dit-il, que Sancho, gouverneur, de perdrix et de chapons. D'ailleurs, lorsqu'ils dorment, tous les hommes sont égaux. » Puis il fait remarquer à son maître que c'est lui qui, par ses promesses, lui a mis en tête l'idée d'être gouverneur d'îles, et.... Don Quichotte l'arrête ; il déclare que les paroles que vient de prononcer son écuyer le rassurent, attendu que le ciel seconde les bonnes intentions.

Sancho, somptueusement vêtu, suivi d'une escorte nombreuse, monté sur son grison, est conduit dans un gros bourg qui appartient au duc, et l'ex-écuyer pénètre triomphalement dans la capitale de son île nommée Barataria. La foule vient à sa rencontre et l'acclame, tandis que les cloches sonnent à toute volée. On le conduit à l'église, puis, de là, dans la salle du tribunal où il doit rendre la justice.

Deux hommes se présentent aussitôt, deux vieillards dont l'un s'appuie sur une canne en roseau. Celui qui n'a pas de canne déclare avoir prêté à l'autre dix écus d'or, de la main à la main. Aujourd'hui le débiteur nie, prétend avoir remboursé, ce dont le prêteur n'a nulle souvenance. Cependant, comme il croit son débiteur homme de bien, il prie qu'on le fasse jurer sur la verge de justice.

— Baissez votre verge, seigneur, répond l'emprunteur à Sancho qui l'interroge, je suis prêt à jurer.

Sancho baisse sa verge de justice, le vieillard prie son adversaire de lui tenir sa canne, et prononce un serment par lequel il affirme avoir remboursé son accusateur, et cela de la main à la main. — J'ai donc oublié, dit l'autre, et j'en demande pardon à tout le monde.

Il va rendre la canne, lorsque Sancho, demeuré pensif, la lui demande. L'ayant reçue, il la remet au créancier en lui disant : — Vous voilà payé. — Cette canne, s'écrie le plaideur, vaut-elle par hasard dix écus d'or ? — Oui, brisez-la.

L'ordre est exécuté, l'or roule, et chacun des assistants d'applaudir à la sagacité de Sancho qui a deviné et fait tourner à sa confusion la ruse de l'improbe débiteur.

Entrée de Sancho Pança dans son île.

Du tribunal, où il s'est montré sage, avisé, fin dans toutes les causes qui lui ont été soumises, Sancho, au bruit des trompettes, est conduit à son palais, introduit dans une magnifique salle à manger, puis établi devant une table somptueusement servie. Un homme en longue robe, armé d'une baguette, se tient près du gouverneur; c'est un médecin. Sur chacun des plats que l'on présente à Sancho, le savant docteur pose sa baguette, et le mets est emporté avant que le pauvre gouverneur puisse même y goûter. Sancho, surpris, regarde autour de lui, et demande si ce dîner doit être mangé comme au jeu de passe-passe. Le médecin s'excuse; chargé de veiller sur la santé du gouverneur, il a repoussé tel ragoût comme trop indigeste, tel autre comme trop irritant, et les fruits comme trop humides. — Voilà, dit Sancho, des perdrix bien rôties qui ne me feront aucun mal. Le médecin étend sa baguette ; la perdrix est lourde pour l'estomac. L'infortuné gouverneur, doux, soumis demande au médecin de lui désigner un plat dont·il puisse au moins goûter, car il meurt de faim. Le médecin l'autorise à manger une fine tranche de coing, rien de plus. Sancho se renverse en arrière, demande au médecin dans quelle école il a étudié, et à peine l'autre a-t-il répondu que l'écuyer se lève, saisit une chaise, veut l'assommer. Le médecin fuit. — Maintenant, dit Sancho, que l'on me donne vite à manger ou que l'on reprenne le gouvernement ; car un métier qui ne nourrit pas son homme ne vaut pas deux fèves.

En ce moment arrive un courrier couvert de pous-

sière, portant un pli cacheté à l'adresse du gouverneur. C'est un message du duc, avisant que des
ennemis se proposent d'attenter à la vie de celui qui
gouverne l'île, puis d'essayer de la conquérir. — Bon,
dit Sancho ; en attendant, que l'on me donne à
manger. On se dispose à lui obéir, lorsqu'un fermier
demande à être entendu pour une affaire de la dernière
importance. Il est introduit, et avec des circonlocu-
tions et une lenteur de villageois, il réclame l'aide
du gouverneur pour marier ses deux enfants, plus
le don d'une somme de six cents ducats. Cette sottise
met de nouveau Sancho hors de lui, il saisit une
seconde fois sa chaise et en menace le fermier qui
s'enfuit.

Elles sont sans nombre, toujours plaisantes, mais
cachent une douce philosophie, les aventures de
Sancho dans son île, et Cervantès, s'il ne s'y montre
pas homme d'État, s'y montre sagace, homme
de bien, ardent ennemi des abus. Il fait agir Sancho
avec tact, et don Quichotte parle d'or dans la lettre
qu'il adresse à son écuyer, et dont il est bon que
nous prenions connaissance.

DON QUICHOTTE A SANCHO PANÇA, GOUVERNEUR DE L'ILE DE
BARATARIA.

« Alors que je m'attendais à recevoir des nouvelles de
ta négligence et de tes impertinences, ami Sancho, on
me fournit des preuves de ta sagesse, et me voilà obligé de
remercier le ciel qui retire les pauvres de leur fumier et transforme les sots en gens avisés...

« Afin que tu réussisses à conquérir la bonne volonté du
peuple que tu gouvernes. il est, entre vingt autres, deux

choses dont tu dois tenir compte. La première c'est d'être
poli avec tout le monde ; la seconde d'assurer l'abondance
des aliments; rien n'impatiente plus l'âme des pauvres que
la charité et la faim.

« Ne multiplie pas les ordonnances; si tu en promulgues,
qu'elles soient bonnes et surtout qu'on les observe. Les
lois qui ne sont pas observées sont lettres mortes, et font
supposer que le prince, assez sage pour les rendre, n'a pas
le courage de les faire exécuter. Les lois qui épouvantent et
ne s'exécutent pas ressemblent au soliveau, roi des gre-
nouilles, qui les intimida d'abord et qu'elles méprisèrent
ensuite au point de grimper dessus. Sois le père des vertus
et le parâtre des vices. Ne sois ni toujours rigoureux ni toujours doux, choisis un juste milieu entre ces deux extrêmes — là se trouve la sagesse. Visite les prisons, les
boucheries, les marchés; la présence d'un gouverneur en
de tels lieux est très importante. Console les prisonniers
qui attendent avec impatience la fin de leur procès, et sois
le croquemitaine de ceux qui vendent à faux poids. »

Huit jours après sa prise de possession de l'île,
étant dans son lit rassasié non de pain et de vin,
mais de jugements, de conseils, de décrets, Sancho
entend un grand bruit de trompettes, de tambours,
de cloches, de voix. Il se lève à la hâte ; — ses gardes
entrent l'épée à la main criant aux armes ! annonçant que l'île est envahie par des ennemis. Ils pressent Sancho de s'armer, et celui-ci refuse. Ce qu'il
faut faire, à son dire, c'est appeler son maître, le
vaillant don Quichotte qui, en un tour de main, aura
raison des envahisseurs.

On ne l'écoute pas ; on le claquemure, sous prétexte
de l'armer, entre deux énormes boucliers qui le font
ressembler à une tortue dans sa carapace. Il veut
marcher, il tombe, et ne voit plus rien. Aussitôt
une mêlée s'engage ; on se bat à ses côtés, jusque

sur son dos ; le tumulte est affreux. Enfin des cris de
victoire retentissent, on le relève à moitié étouffé,
on le félicite de sa valeur qui a triomphé de celle
des ennemis. Sancho secoue la tête. « L'ennemi que
j'ai vaincu, dit-il, je consens qu'on me le cloue sur le
front. » Il demande l'heure, on lui répond que le
jour est sur le point de paraître. Silencieux, il commence à se vêtir avec lenteur, car il est endolori,
meurtri. Une fois vêtu, il se rend à l'écurie, s'approche de son grison, l'entoure de ses bras et lui dit,
avec des larmes dans les yeux :

« Venez ici, vous, mon compagnon et mon ami, associé
de mes travaux et de mes misères. Lorsque je vivais avec
vous, sans autre souci que de raccommoder vos harnais et
de procurer la nourriture à votre petit corps, mes heures
étaient heureuses aussi bien que mes jours et mes années.
Depuis que je vous ai abandonné pour monter sur les tours
de l'ambition et de l'orgueil, mille misères, mille douleurs
et quatre mille inquiétudes me sont entrées dans l'âme. »

Tout en parlant, il harnachait son âne et, l'opération achevée, il se hisse sur le dos du grison
avec beaucoup de peine. Se tournant alors vers ceux
qui l'observent et l'entourent :

« Faites-moi place, seigneurs, dit-il, laissez-moi retourner
à mon ancienne liberté, reprendre ma vie passée qui me
ressuscitera de cette mort présente. Je ne suis né ni pour
être gouverneur ni pour défendre des îles contre ceux qui
veulent les attaquer. Je m'entends mieux à piocher, à labou-
rer, à tailler la vigne qu'à donner des lois. Saint Pierre est
bien à Rome, je veux dire que chacun a raison de suivre le
métier pour lequel il est apte. Une faucille est mieux placée entre mes mains qu'un sceptre, et je préfère me bourrer
de soupe à mourir de faim. Nu je suis né, et je pars nu ; je
veux dire qu'entré sans un maravédis dans ce gouverne-

ment, j'en sors de même, à l'opposé de bien des gouverneurs. Faites-moi donc place, je vais me couvrir d'emplâtres, car je crois avoir toutes les côtes froissées, grâce aux ennemis qui se sont promenés sur moi. »

On le regarde partir avec intérêt, en lui offrant de l'accompagner. Il déclare ne vouloir qu'un peu d'orge pour son grison, un morceau de fromage et un morceau de pain pour lui-même. Il se met alors en route pour le château du duc, laissant chacun surpris de son énergique résolution

XXI

NOUVELLES AVENTURES. — LE TROUPEAU DE TAUREAUX.
DON QUICHOTTE ET LE CHEVALIER DE LA
BLANCHE-LUNE.

Sancho chemine vers le château du duc au moment
même où don Quichotte, qu'il nous a fallu abandonner et auquel les suivantes et les pages de ses hôtes
ont joué plus d'un plaisant tour, songe que la vie
oisive qu'il mène est contraire aux lois de la chevalerie. Il se propose de partir, de se rendre à Saragosse où se prépare un tournoi, où il espère gagner
l'armure qui est offerte comme prix. Mais ses bonnes
intentions sont retardées ; une jeune fille, conduite
par sa mère, vient le supplier de la venger d'un félon
qui, après avoir promis de l'épouser, refuse maintenant de tenir sa parole. Don Quichotte, aussitôt
instruit de ce fait, jette son gant en signe de défi
au parjure. Le duc ramasse le gage et accepte, au
nom de l'absent, la provocation du chevalier.

Quelques jours plus tard, le duc, après avoir ré-
pété mille fois à l'un de ses laquais, nommé Tosilos,
de quelle façon il doit se conduire avec don Quichotte dans le combat qu'il va soutenir contre lui,
amène son champion dans le champ-clos qui a été
préparé, et les deux adversaires sont en présence.

Bien armé, bien monté, le laquais est de nouveau prévenu qu'il doit éviter de rencontrer don Quichotte de face pour ne pas le blesser. Tosilos parcourt la lice, s'arrête devant la tribune où se tient, avec sa mère, la jeune dame qui le réclame pour époux, et qu'il trouve charmante. En ce moment le maître de camp appelle don Quichotte, le conduit devant la tribune où sont les dames, et leur demande si elles acceptent pour champion le valeureux chevalier don Quichotte de la Manche, ici présent. Sur leur réponse affirmative, le héraut donne le signal du combat. Aussitôt les clairons de sonner et les tambours de battre.

Don Quichotte se recommande à Dieu et à sa dame, puis, salué par les cris de Sancho, il presse son coursier. Mais Tosilos reste immobile, appelle le maître de camp, lui déclare qu'il est prêt à épouser la jeune dame. Le maître de camp, qui connaît l'artifice de cette mise en scène, est surpris de cette déclaration non prévue, et ne sait que répondre. Don Quichotte, voyant l'immobilité de son antagoniste, s'arrête dans sa course, et le duc ne comprend rien à cette suspension d'armes. Mais, tandis que le maître de camp vient lui en expliquer la cause, Tosilos s'est approché de la tribune où se trouvent la jeune dame et sa mère, et crie à cette dernière qu'il est disposé à se marier avec sa fille, ne voulant pas acquérir par un combat ce qu'il peut obtenir sans péril. « S'il en est ainsi, répond don Quichotte qui a entendu cette déclaration, je suis dégagé de ma promesse ; qu'ils se marient, et que Dieu les bénisse. »

Tosilos, qui étouffe dans son armure, demande

qu'on l'en débarrasse, et montre bientôt son visage à découvert. La jeune dame et sa mère poussent des cris, se plaignent de supercherie, déclarent que l'on a mis un laquais à la place de l'homme dont elles ont à se plaindre. Ne vous mettez pas en peine, senoras, leur dit don Quichotte, il n'y a ici ni malice ni coquinerie, et la faute n'est pas de monseigneur le duc. Elle vient, hélas ! des mauvais enchanteurs qui me persécutent. Envieux de la glorieuse victoire que j'allais remporter, ils ont changé le visage de votre futur époux en celui d'un laquais. Néanmoins, suivez mon conseil, mariez-vous, car, au fond, il est bien l'homme que vous désiriez obtenir pour mari.

En somme, le résultat de cette aventure fut que l'on enferma Tosilos pour voir s'il se transformerait, et que la jeune femme consentit au mariage qui lui était offert.

Don Quichotte s'arrache enfin à la vie oisive qui lui pèse, prend congé du duc et de la duchesse, et le voilà de nouveau sur les routes en compagnie de Sancho. Ils devisent sur tous les événements dont ils ont été acteurs ou témoins, l'un avec ses réflexions toujours plaisantes et malicieuses, l'autre avec son inflexible sagesse, lorsqu'il ne s'occupe pas de chevalerie. Encore, sur ce dernier point, montre-t-il sans cesse son humanité, sa générosité, sa compassion pour ceux qui souffrent et qu'il veut secourir non seulement en paroles, mais en actions.

Servis par leur bonne ou leur mauvaise fortune, les deux errants ne tardent guère à rencontrer une aventure, en tombant au milieu d'une aimable bande de jeunes filles et de jeunes gens qui, déguisés les uns en bergers, les autres en bergères, et accompagnés de leurs parents, se divertissent dans une partie de campagne. Les jeunes bergères entourent don Quichotte, l'emmènent sous une tente, le font asseoir à une table magnifiquement servie, le comblent d'attentions. Les nappes enlevées, le chevalier prend la parole et dit :

« De tous les péchés mortels le plus commun serait, selon certaines personnes, l'orgueil ; je crois pour ma part que c'est l'ingratitude, car ne dit-on pas que l'enfer regorge d'ingrats? Ce péché, j'ai essayé de l'éviter autant qu'il m'a été possible dès que j'ai atteint l'âge de raison. Si je ne puis toujours répondre aux bienfaits dont on m'honore par d'autres bienfaits, du moins j'en ai l'intention, et lorsque cette intention n'est pas suffisante, je les publie. Celui qui avoue et proclame le bien qu'on lui fait y répondrait de la même façon s'il le pouvait, attendu que la plupart de ceux qui reçoivent sont inférieurs en position à ceux qui donnent ; ainsi, Dieu est au-dessus de tous, il donne à tous, et l'homme ne peut répondre aux dons de Dieu par des dons égaux, vu la distance infinie qui les sépare. Mais, en quelque sorte, la gratitude vient suppléer à cette insuffisance. Or, reconnaissant du bon accueil que j'ai reçu ici, ne pouvant y répondre de la même façon, je me renferme dans les limites étroites de mon pouvoir, j'offre ce qui m'est possible et ce que je possède de mon humble récolte. Je déclare donc que, pendant deux jours entiers, je soutiendrai sur ce chemin, qui conduit à Saragosse, que les dames ici présentes déguisées en bergères sont les plus courtoises qu'il y ait au monde, sauf l'incomparable Dulcinée, unique maîtresse de mes pensées, soit dit sans offense pour ceux ou celles qui m'entendent.

Sancho, qui a écouté ce discours avec attention, s'écrie :

— Est-il possible qu'il y ait des gens assez hardis pour dire que ce mien maître est fou ? Y a-t-il un curé de village, si spirituel, si instruit qu'il soit, qui puisse parler ainsi qu'il vient de le faire ?

CERVANTÈS.

Don Quichotte, fàché de l'impertinence de son écuyer, lui dit :

— Est-il possible, ò Sancho, qu'il y ait au monde quelqu'un qui soutienne que tu n'es pas un double sot, avec je ne sais quels agréments de malice ou de coquinerie ? Qui te prie de te mêler de mes affaires et de vérifier si je suis sage ou imbécile ? Tais-toi, ne réplique pas et selle Rossinante s'il est dessellé. »

Alors, bien que chacun essaie de le dissuader, il enfourche Rossinante, embrasse son écu, saisit sa lance, et s'établit au milieu de la route, faisant retentir l'air de ses menaces, défiant les passants, les voyageurs, les chevaliers, les écuyers, les gens à pied ou à cheval qui, durant deux jours, traverseront le chemin.

Personne n'entendit la provocation, mais bientôt on vit paraître au loin des cavaliers armés de lances, cheminant en troupe et à la hâte. Les bergères et les bergers s'enfuirent, don Quichotte, intrépide, reste immobile, tandis que Sancho, inquiet, s'abrite derrière la croupe de Rossinante. Les lanciers arrivent et l'un d'eux, qui galope en avant, crie de se garer si l'on ne veut être mis en pièces par les taureaux. Don Quichotte renouvelle son défi, et les bouviers, les bœufs qui guident le troupeau de taureaux furieux que l'on conduit à un village où il doit y avoir un combat le lendemain, passent sur don Quichotte, sur Sancho, sur Rossinante et sur l'âne, les renversant, les roulant sur le sol. Sancho reste moulu, don Quichotte ahuri, le grison meurtri, Rossinante peu catholique. Enfin ils se relèvent et le chevalier, trébuchant, tombant court derrière le troupeau, demandant raison ; mais personne ne se retourne, et il faut que le chevalier prenne son parti de cette mésaventure, qui pouvait être tragique.

Le maître et l'écuyer sont de nouveau en marche, et, après avoir appris dans une hôtellerie, de la bouche de deux voyageurs, que la seconde partie de leur histoire circule imprimée sous le nom d'un auteur nommé Avellaneda, ils abandonnent le chemin de Saragosse afin de faire mentir le faux historien qui les a conduits dans cette ville, et se dirigent vers Barcelone. Ils tombent entre les mains du célèbre bandit partisan Roque-Guinart qui les traite avec courtoisie, et leur promet une recommandation pour un de ses amis qui habite la ville où ils se rendent. Il est nuit lorsque les deux aventuriers, après nombre d'incidents, atteignent les environs de la grande ville dans laquelle ils se résolvent à ne pénétrer que le lendemain.

Le jour se lève, ils avancent et se rapprochent de la capitale de la Catalogne, lorsqu'ils sont entourés par une troupe de brillants cavaliers, qui les saluent par leurs noms. A leur tête est l'ami de Roque-Guinart, qui offre au célèbre chevalier l'hospitalité. On pénètre dans Barcelone au son des cymbales, et, dans la riche demeure de son nouvel hôte, don Antonio, Sancho retrouve l'abondance qui lui plaît tant.

Don Quichotte et Sancho sont fêtés par la société Barcelonaise, et marchent de divertissement en divertissement ; ils visitent les galères et les vaisseaux du port, ce qui leur vaut de nouvelles aventures.

Don Quichotte, de temps à autre, endosse son armure, monte sur Rossinante, et va, sur la plage, s'exercer au maniement de sa lance. Un matin, il

voit accourir vers lui un chevalier armé de toutes
pièces, qui, sur son écu, porte peinte une lune resplendissante. Arrivé à portée de la voix, le chevalier,
s'adressant à don Quichotte, lui dit :

« Chevalier insigne et jamais assez loué, don Quichotte de
la Manche, je suis le chevalier de la *Blanche-Lune*, dont les
prouesses inouïes sont peut-être arrivées à ta connaissance.
Je viens combattre contre toi, éprouver la force de ton
bras, afin de t'obliger à reconnaître et à confesser que ma
dame, quelle qu'elle soit, est sans comparaison plus belle
que ta Dulcinée du Toboso. Si tu confesses simplement cette
vérité, tu sauveras la vie et m'épargneras la peine que
j'aurai à te l'enlever. Si tu veux combattre et que tu sois
vaincu, j'exige, pour toute condition, que tu déposes les
armes et que tu vives durant un an, retiré dans ton village
sans toucher à ton épée, dans une paix tranquille et dans
un profitable repos, ainsi qu'il convient pour l'augmenta-
tion de ta fortune et le salut de ton âme. Si tu sors vainqueur, ma tête sera à ta disposition ; mes dépouilles, mes
armes, mon cheval t'appartiendront, et la renommée de
mes prouesses augmentera la tienne. Choisis donc et ré-
ponds-moi sans retard, car je n'ai que cette journée pour
terminer cette affaire. »

Don Quichotte, d'abord surpris de ce défi, et surtout de l'arrogance du provocateur, lui répond d'un
ton sévère :

« Chevalier de la Blanche-Lune, dont les prouesses ne
sont pas encore arrivées jusqu'à moi, je vous ferai jurer
que vous n'avez jamais vu l'illustre Dulcinée. Si vous l'aviez
contemplée, vous ne vous seriez pas, je crois, jeté dans
cette entreprise, car vous seriez convaincu qu'il n'y a eu et
qu'il ne peut y avoir de beauté qui se puisse comparer à la
sienne. Ainsi, sans vous dire que vous mentez, mais bien
que vous êtes dans l'erreur, j'accepte votre défi aux conditions que vous avez posées, et cela sur l'heure, avant que le
jour que vous avez fixé s'écoule. Je ne repousse qu'une
seule de vos conditions, c'est celle de m'emparer de la

Combat de don Quichotte et du chevalier de la Blanche-Lune.

renommée de vos prouesses ; j'ignore ce qu'elles valent, et,
qu'elles soient bonnes ou mauvaises, je me contente des
miennes. Prenez donc le champ que vous voudrez, je ferai
de même, et que saint Pierre vous bénisse. »

L'hôte de don Quichotte, puis le vice-roi, avisés
de la présence du chevalier de la Blanche-Lune,
accourent suivis de nombreux hidalgos. Le vice-roi
s'informe de la cause de la querelle, le chevalier
étranger l'en instruit. Don Antonio, auquel le vice-
roi demande si cette rencontre est une nouvelle
plaisanterie à l'adresse de don Quichotte, déclare
ignorer s'il s'agit d'un jeu ou d'un duel sérieux. Le
vice-roi, indécis d'abord, ne peut croire qu'à une
plaisanterie, et autorise le combat.

Les deux adversaires prennent du champ, et
rendent en même temps la bride à leurs chevaux.
La monture du chevalier étranger est plus légère
que celle de son ennemi, il le rejoint aux deux
tiers de la distance, et le heurte d'une façon si formidable, sans le toucher de sa lance qu'il a relevée
comme avec intention, que Rossinante et son maître
roulent sur le sol. Aussitôt le vainqueur marche
vers son adversaire, place la pointe de son épée à
l'ouverture de sa visière. — Vous êtes vaincu, chevalier, lui dit-il, et même mort, si vous n'acceptez
les conditions de notre défi. —Don Quichotte étourdi,
et comme parlant du fond d'une tombe, tant sa voix
est plaintive, répond :

« Dulcinée du Toboso est la plus belle femme du m onde
et moi le plus malheureux chevalier de la terre ; il serait
mal que mon impuissance à soutenir ma dame, fit douter de

cette vérité. Perce-moi de ta lance, chevalier, et enlève-moi la vie, puisque tu m'as enlevé l'honneur.

— Voilà ce que je ne ferai certes pas, s'écrie le chevalier de la Blanche-Lune ; vive, vive dans toute son intégrité la renommée de beauté de la señora Dulcinée du Toboso! Je serai satisfait si le grand don Quichotte se retire dans son village pour le temps que je lui prescrirai, ainsi que nous en sommes convenus avant de combattre. »

Don Quichotte accepte enfin ; aussitôt le chevalier de la Blanche-Lune salue le vice-roi en s'inclinant, tourne bride et rentre dans la ville au petit galop. Le vice-roi le fait suivre, veut apprendre qui il est. Pendant ce temps, on a relevé don Quichotte, puis à grande peine Rossinante, et Sancho, triste, chagriné, ne sait que dire ni que penser. Enfin don Quichotte est emporté; puis le vice-roi rentre en ville, anxieux de savoir le véritable nom du chevalier de la Blanche-Lune.

Qui ne l'a deviné ? C'était le bachelier Samson Carrasco qui, vaincu sous le nom de *chevalier des Miroirs*, venait de prendre sa revanche. Certain que don Quichotte tiendrait sa promesse, il repartit le jour même pour son village, afin d'annoncer au plus vite à son ami le curé, à maître Nicolas le barbier, puis à la nièce et à la gouvernante du bon hidalgo, qu'ils allaient bientôt le revoir.

XXII

DON QUICHOTTE RECOUVRE LA RAISON. — SA FIN.

Le pauvre vaincu garda le lit pendant six jours, repassant en imagination tous les incidents de sa défaite. Sancho, qui essayait de le consoler, lui dit un jour :

« Que Votre Grâce relève la tête et se réjouisse, si elle le peut. Remerciez le ciel de ce qu'ayant été jeté à terre, vous n'ayez pas quelque côte cassée. Vous savez que qui donne reçoit, qu'il n'y a pas toujours de lard aux crochets. Faites la nique au médecin, puisque vous n'avez pas besoin de lui pour guérir de cette maladie. Retournons chez nous, sans chercher plus d'aventures dans des pays et des endroits que nous ne connaissons pas. Tout bien considéré, je suis celui qui perd le plus, quoique ce soit Votre Grâce qui soit le plus maltraité. Moi, en abandonnant le gouvernement j'ai renoncé à l'envie d'être gouverneur, non à celle de devenir comte, et je ne verrai pas la réalisation de ce rêve qui s'en ira en fumée, si Votre Grâce, en abandonnant la chevalerie, se résout à ne plus devenir roi.

— Tais-toi, Sancho, répond le chevalier, trahissant sa pensée secrète, ma retraite ne doit durer qu'une année, au bout de laquelle je reprendrai mes honorables exercices, et il ne me manquera pas un royaume à conquérir et un comté à te donner.

— Que Dieu vous entende et que le diable soit sourd, réplique Sancho ; j'ai toujours ouï dire que bon espoir vaut mieux que mauvaise possession. »

Don Quichotte est guéri ; il prend congé de son

hôte, et part en compagnie de son écuyer. Le pauvre
chevalier est désarmé, en habit de voyage, et Sancho
marche à pied, le grison étant chargé de l'armure.
Il leur faut traverser la plage ; don Quichotte s'arrête
contemple l'endroit où il est tombé et s'écrie :

« Ici fut Troie ! Ici mon malheur, non ma lâcheté, effaça
ma gloire acquise ; ici la fortune usa envers moi de ses
hauts et de ses bas; ici mes prouesses se sont obscurcies ;
ici enfin, mon bonheur s'est écroulé à jamais !

— Il appartient aux cœurs vaillants, réplique aussitôt Sancho, de montrer autant de patience dans l'adversité que
d'allégresse dans la prospérité... D'après ce que j'ai entendu
dire, la fortune est une femme capricieuse et surtout
aveugle, qui ne sait ce qu'elle fait.

— Tu es très philosophe, Sancho, répond le chevalier, tu
parles avec sagesse, et ,e ne sais qui t'apprend ce que tu
dis. Ce que je puis t'affirmer, c'est que la fortune est un
mythe ; les choses bonnes ou mauvaises qui arrivent en ce
monde ne viennent pas du hasard, mais d'une volonté pro-
videntielle, et c'est pourquoi l'on dit que chacun de nous
est l'artisan de son bonheur. Je l'ai été du mien, non
avec la prudence nécessaire, et ma présomption m'a porté
malheur. J'aurais dû songer que la faiblesse de Rossinante
ne pourrait résister à la puissante encolure du coursier de
mon adversaire. »

Les deux vaincus voyagent sans aventures durant plusieurs jours, maintenant qu'ils laissent
passer en paix ceux qu'ils rencontrent. Cependant,
un soir qu'ils devisent dans l'obscurité, en attendant le sommeil, ils entendent un bruit à la fois
sourd et perçant retentir dans la vallée où ils sont
campés. Don Quichotte se lève, saisit son épée,
tandis que Sancho s'accroupit sous son grison, se
fait un rempart des armes de son maître et du bât.
Le bruit allait croissant et devenait effrayant. C'est

qu'il ne s'agissait de rien moins que d'un troupeau de plus de six cents porcs que l'on conduisait
à une foire afin de les vendre, et leurs conducteurs
avaient choisi la nuit pour voyager. Le vacarme
devient intolérable, la troupe grognante arrive au
trot, passe sur le corps de don Quichotte, renverse
les fortifications de Sancho, emporte Rossinante.

L'écuyer se relève furieux, il veut s'emparer de
l'épée de son maître, tuer au moins une demi-douzaine des immondes et insolents animaux. — Laisse-
les vivre, lui dit le chevalier avec tristesse ; cet
affront est la punition de mes péchés.

Le lendemain, nouvelle aventure, car les deux
voyageurs sont à l'improviste entourés, menacés,
emmenés dans un château par des cavaliers muets
et masqués. Ils reconnaissent vite qu'ils sont chez le
duc qui, de nouveau, leur fait fête et s'amuse d'eux.
Les voilà derechef en route et, presqu'en vue de
leur village, ils rencontrent le curé et le barbier
qui accourent vers eux les bras ouverts. Enfin,
escortés par leurs amis, suivis d'une foule d'enfants, ils arrivent devant la demeure de don Quichotte que sa nièce et sa gouvernante, déjà prévenues,
attendent sur le seuil.

Comme les choses humaines ne sont pas éter-
nelles, dit Cervantès, comme de leur naissance elles
vont à leur fin en déclinant, surtout la vie des
hommes, et que celle de don Quichotte n'avait pas
reçu du ciel le privilège de s'arrêter dans son cours,
elle arriva à son terme, à l'heure où il y pensait le
moins. Soit à cause de la mélancolie qu'il ressentait
d'avoir été vaincu, soit parce que le ciel l'ordonnait

ainsi, il fut pris, un matin, d'une fièvre qui le tint
au lit pendant plusieurs jours, durant lesquels il
reçut nombre de visites de ses amis, et sans que
son bon écuyer, Sancho, quittât un seul moment son
chevet. On lui parlait du passé, de l'époque à
laquelle il reprendrait les armes ; mais il ne s'égayait
plus. Ses amis appelèrent alors un médecin qui lui
tâta le pouls, se montra peu satisfait, et dit qu'il
fallait s'occuper de la santé de l'âme, celle du corps
étant en danger.

Don Quichotte entend cette sentence sans le
moindre trouble, mais sa nièce, sa gouvernante et
Sancho pleurent attendris, comme s'ils le voyaient
déjà mort. Le chevalier demande qu'on le laisse
seul, parce qu'il veut sommeiller un instant. Il dort
six heures, puis ouvre les yeux et s'écrie d'une voix
forte :

« Que le Dieu puissant soit béni pour le bien qu'il
m'a fait ! Sa miséricorde n'a pas de limites, et les péchés
des hommes ne peuvent ni la restreindre, ni l'empêcher. »

Sa nièce, qui écoute attentive toutes les paroles de
l'hidalgo, trouve celles-là plus sages que celles qu'il
prononçait depuis sa maladie, et lui demande de
quelle miséricorde et de quels péchés il veut parler.

« Ma nièce, répond le malade, je parle des miséricordes
dont Dieu use à cette heure envers moi, sans être arrêté
par mes péchés. Mon esprit est maintenant libre et lucide,
débarrassé des ombres épaisses de l'ignorance dont mes
oisives lectures des détestables livres de chevalerie l'avaient
enveloppé. Je reconnais les extravagances et les séductions
menteuses de ces livres, et je ne le regrette pas. Ce que je
regrette, c'est que cette désillusion arrive si tard qu'elle ne

me laisse pas le temps d'en faire pénitence en lisant d'autres
ouvrages qui soient des lumières pour l'âme. Je me sens,
ma nièce, sur le point de mourir, et je souhaiterais rendre
mon dernier soupir de façon à faire comprendre que ma vie
n'a pas été si mauvaise que je doive laisser une réputation
de fou. Je l'ai été certainement ; néanmoins, je ne voudrais
pas confirmer cette vérité à l'heure de ma mort. Appelle,
ma fille, mes bons amis le curé, le bachelier et maître Nicolas le barbier, je veux me confesser et dicter mon testament. »

Les personnes réclamées par le malade arrivent,
don Quichotte leur parle sur le ton qu'il a employé
avec sa nièce. Toutes se récrient, lui nomment Dulcinée. Il les arrête pour demander un confesseur et
un notaire. Ses devoirs religieux et temporels dûment
accomplis, le bachelier essaie encore de ramener les
idées de son ami vers la chevalerie.

« Il n'y a plus d'oiseaux à l'heure présente dans les nids
de l'an passé, répond doucement don Quichotte ; j'ai été
fou, je suis sage ; j'ai été don Quichotte de la Manche, et je
suis à présent, ainsi que je l'ai dit, Alonzo Quijano le Bon.
Puissent mon repentir et ma véracité me rendre l'estime
que l'on avait pour moi,

Il ajouta, après un moment de silence :

« Je supplie mes exécuteurs testamentaires, si une
bonne fortune leur faisait connaître l'auteur qui, dit-on, a
composé une histoire qui circule sous le titre de *Seconde
partie des prouesses de don Quichotte*, de le prier de ma
part, aussi instamment que possible, de me pardonner
l'occasion que je lui ai donnée d'écrire d'aussi grandes et
d'aussi nombreuses extravagances que celles qu'il a écrites,
car je sors de cette vie avec le remords de lui en avoir
fourni le prétexte. »

Quelques jours plus tard don Quichotte mourut.

et Cervantès, auquel l'aventure d'Avellaneda tenait
à cœur, annonce que le curé demanda au notaire un
certificat affirmant que don Alonzo le Bon avait quitté
ce monde, et qu'il était mort de sa mort naturelle. Il
réclama ce certificat afin d'enlever à tout autre auteur que Cid Hamet Ben-Engeli tout [prétexte pour
le ressusciter faussement, pour raconter d'interminables prouesses.

Non satisfait de ces précautions, Cervantès prend
la parole sous le couvert de Ben-Engeli, lequel,
suspendant sa plume, dit avec une fierté approuvée
aujourd'hui par la postérité :

« Tu resteras là, suspendue à ce crochet et à ce fil de
fer, je ne sais si bien ou mal taillée, ô ma petite plume :
Là, tu vivras de longs siècles, à moins que de présomp-
tueux et malandrins historiens ne te détachent pour te
profaner. Mais, avant qu'ils n'arrivent jusqu'à toi, tu peux
les avertir et leur dire, de la meilleure façon que tu pourras!

« Pour moi seule naquit don Quichotte et moi j'ai été
créée pour lui seul ; il a su agir et moi écrire ; à nous deux
nous ne faisons qu'un, en dépit du faux écrivain de Tordé-
sillas, qui eut ou qui aura l'audace d'écrire avec une gros-
sière plume d'autruche, mal effilée, les prouesses de mon
valeureux chevalier. Ce n'est pas là une charge pour ses
épaules, ni un sujet pour son esprit glacé. Tu lui conseille-
ras, si par hasard tu viens. à le connaître, de laisser repo-
ser en paix dans leur tombe les os fatigués et déjà poussié-
reux de don Quichotte, et de ne pas s'aviser, contre tous
les privilèges de la mort, de l'emmener dans la vieille Castille, en le tirant de la fosse où il gît véritablement étendu
tout de son long, dans l'impossibilité d'entreprendre une
nouvelle sortie. Dis-lui, enfin, que, pour tourner en ridicule les campagnes si nombreuses entreprises par tant de
chevaliers, il suffit, et au delà, des deux qu'il a faites, au
grand plaisir des gens à la connaissance desquels elles sont
parvenues, tant dans ce royaume que dans les royaumes
étrangers. De cette façon, tu rempliras les devoirs de ta

religion, en conseillant bien ceux qui te veulent du mal.

« Quant à moi, je demeurerai fier et satisfait d'avoir été le premier auteur qui ait joui du fruit de ses écrits, dans la mesure qu'il l'espérait. Mon seul désir a été de faire détester aux hommes les histoires fausses et extravagantes des livres de chevalerie, histoires qui, grâce aux aventures de mon véridique don Quichotte, sont déjà vacillantes et tomberont tout à fait sans aucun doute. *Vale.* »

XXIII

BUT ET PORTÉE DU DON QUICHOTTE.

Don Quichotte est mort, et nous possédons une connaissance suffisante de son histoire pour être en mesure de la juger dans son ensemble, d'en apprécier les beautés. Don Quichotte est mort et, redoutant que l'on s'empare de nouveau de sa personne, son historien a pris de méticuleuses précautions pour empêcher qu'Avellaneda, ou tout autre pirate, puisse remettre en campagne le bon chevalier. Devant sa fin, qu'il a senti approcher, le brave hidalgo a recouvré sa raison, et si bien reconnu son erreur qu'il s'en est publiquement confessé. Il a expiré paisiblement dans son lit, lui qui a tant bataillé et tant de fois bravé la mort, et son ami le curé, qui est devenu son exécuteur testamentaire, s'est fait délivrer par le notaire auquel don Alonzo Quijano le Bon a dicté ses dernières volontés, une attestation en quelque sorte juridique de son décès. Le public est prévenu, et, grâce à ce certificat, aucune main sacrilège ne pourra ressusciter le vaillant chevalier, ravir la gloire de celui dont l'imagination l'a créé.

On a écrit sur l'œuvre de Cervantès, ou plutôt sur le *Don Quichotte*, des volumes qui, réunis, formeraient une vaste bibliothèque. Commentaires,

notes, critiques, apologies, recherches bibliographi-
ques, biographiques, géographiques ou historiques,
rien ne manque au cortège ordinaire des livres, des
mémoires, des opuscules, des considérations, des
examens, des dissertations qui s'amoncellent autour
de toute œuvre hors ligne, et qui sont pour elle un
honneur et une consécration. En somme, ce sont
là des hommages, des attaques ou des défenses bien
inutiles lorsqu'il s'agit, ainsi qu'on l'a dit avec
raison, de juger un livre que tout le monde lit, et
dont trois siècles d'admiration ont mis le mérite
hors de discussion ; car le nom du grand écrivain
espagnol rayonne aujourd'hui non seulement parmi
les plus grands des temps modernes, mais aussi
parmi ceux du lointain passé.

Quel fut le but que se proposa Cervantès en
écrivant le *Don Quichotte ?* Je reviens sur cette
question, cependant oiseuse, puisque Cervantès
lui-même, qui semble l'avoir prévue, a pris soin de
nous le révéler au commencement, puis, nous venons
de le voir, à la fin de son livre. Néanmoins, en dépit
de ses déclarations si précises, ses commentateurs,
même à l'heure présente, cherchent et veulent voir
avec obstination, dans le *Don Quichotte*, mille intentions cachées. Supposer qu'un tel homme ait uniquement dépensé son génie pour ridiculiser un genre
de littérature à la mode, pour s'amuser et amuser,
comment admettre qu'un si mince projet ait pu être
l'idéal d'un aussi puissant cerveau ? Nul n'y peut
croire : car c'est une manie, et déjà ancienne, de chercher dans l'œuvre des auteurs célèbres un but secret
derrière celui qu'eux-mêmes ont avoué. Demandons-

le de nouveau à La Bruyère que les commentateurs
ont rendu si malheureux, même de son vivant. Il est
vrai que, là, l'œuvre y prêtait par sa nature. Mais
que ne trouve-t-on pas dans le grossier Rabelais, dans
l'aimable Montaigne, dans notre Molière? Ecoutez
leurs scoliastes, et tous vous diront et essayeront de
vous prouver que c'est en vue des idées de notre
époque, avec une prescience qui serait un miracle
si elle était vraie, que tous ces grands hommes ont
écrit. Je n'en crois rien, pour ma part; ils ont été
des êtres de génie, et leurs yeux ont lu si profon-
dément dans le cœur et dans l'esprit de leurs contemporains que, l'homme étant au fond toujours
et partout le même, nous croyons reconnaître,
dans les traits de ceux qu'ils nous ont peints, les
personnes que nous coudoyons. Oui, l'homme de
Salomon, de Platon, d'Horace, de Juvénal, de Mon·
taigne, de Cervantès, de Molière, c'est l'homme.
La chlamyde, la toge, le haut-de-chausse, l'habit
dont ils sont vêtus a seul varié et variera encore ;
mais nos neveux reconnaîtront parmi leurs contemporains, comme nous les reconnaissons parmi les
nôtres : Harpagon, Sancho, Tartufe, Orgon ou
M. Jourdain, ces immortelles personnifications de
nos immortels travers.

Donc chez Cervantès, comme chez tous les auteurs
qui ont signalé nos erreurs ou se sont apitoyés sur
notre misérable nature, on a voulu voir tour à tour
un politique avancé, un libéral à notre mode, un
réformateur social. Le *Don Quichotte* a été étudié
avec l'intention de démontrer qu'il a été, qu'il est une
amère satire du règne de Charles-Quint, et des érudits

ont cru l'avoir prouvé. Pour eux don Quichotte, je l'ai dit déjà, c'est le grand empereur qui, après avoir combattu des moulins à vent, c'est-à-dire poursuivi cette chimère de la monarchie universelle, est allé s'enfouir près du couvent des moines de Saint-Just, convaincu, comme Salomon, que toutes les choses de la terre ne sont que vanités. La preuve que ce fut bien là le dessein de Cervantès, c'est que son héros a le nez aquilin, et que celui de Charles-Quint avait cette forme. Voulez-vous une autre de ces convaincantes preuves ? Charles-Quint a fait une expédition vaine en Afrique et don Quichotte a voulu combattre des lions africains : est-ce assez clair ?

Encore une fois, laissons ces rêves et nombre d'autres de même nature, pour croire l'honnête Cervantès lorsqu'il nous affirme qu'il n'a eu d'autre intention, en écrivant son livre, que de combattre, en s'en moquant, les romans absurdes de chevalerie.

Renonçons donc à penser que le vieux soldat de Lépante ait été un réformateur, cachant ses critiques et ses hardiesses sous le semblant de folie de son héros. En politique, de même qu'en religion, Cervantès fut de son temps, bien de son temps, et animé d'une foi si sincère qu'il ne s'est guère plaint que de la misère, qui lui rendit la vie pénible. A-t-il voulu se moquer systématiquement des faiblesses de l'homme ? Pas davantage, et il voit plutôt sa grandeur, car il exalte sans cesse les plus nobles sentiments qui puissent l'animer. Certes il rit de nos travers ; mais en philosophe indulgent, aimable, non en philosophe morose. En face de son existence précaire, des injustices qui le frappent, des vicissitudes incessantes

dont il est accablé, il trouve néanmoins la vie un
bien précieux, et rend grâces à celui qui l'en fait jouir,
à Dieu.

Laissons donc une fois pour toutes les interpréta-
tions forcées, les finesses des commentateurs, et
tâchons de voir juste en regardant nous-mêmes et de
près, notre auteur n'y perdra rien.

Donc le dessein de Cervantès fut de combattre l'engouement de ses compatriotes pour les livres de chevalerie, et il ne jugea cette rude entreprise ni indigne de son talent, ni au-dessus de ses forces. Il la
tenta et, ce qui est merveilleux, il atteignit son but.
A dater de 1605, c'est-à-dire dès le lendemain de la
publication du *Don Quichotte*, plus un seul livre de
chevalerie ne fut écrit en Espagne, et, ce qui est plus
extraordinaire encore, pas un seul de ceux qui existaient et qui jouissaient de la faveur du public ne
fut, à très peu d'exceptions près, lu ou réimprimé.
Ces livres, dont l'Espagne était inondée, disparurent
de son sol à ce point que, de nos jours, ceux que l'on
y rencontre sont acquis à grands frais, et considérés
comme des raretés, comme des curiosités littéraires
de premier ordre, que non seulement les biblioma-
nes, mais les bibliophiles, se disputent avec achar-
nement. Le *Don Quichotte*, outre son mérite intrin-
sèque, a donc cette gloire sans exemple d'avoir fait
disparaître presque instantanément toute une branche
florissante de littérature, chez un peuple amoureux
jusqu'au fanatisme de ses coutumes nationales. Un
sage, faisant agir et parler un fou, a guéri des fous.
Mais Cervantès était doué d'un génie très particulier,
très original, et, sans qu'il en ait trop conscience

lui-même au début, ce génie, peu à peu, se manifeste avec intensité dans l'œuvre qu'il a entreprise.
Le cadre qu'il se proposait de remplir s'élargit, et,
au lieu de présenter simplement à ses contemporains
et comme exemple un homme de bien qui, de même
qu'eux, a la tête troublée par des lectures frivoles et
veut accomplir des choses impossibles, il fait de cet
homme un être si vivant, si aimable, si sensé dans sa
folie intermittente, qu'il s'impose à tous les esprits.
Et don Quichotte n'est pas seul à plaider la cause
du bon sens, du bon goût, de la morale éternelle,
il a pour auxiliaire son écuyer Sancho, dont on
ne peut ni ne voudrait le séparer. Ces deux héros,
que mille ingénieuses aventures assaillent et devraient
rendre à jamais ridicules, leurs malheurs les font
aimer en nous montrant le fond de leurs saines et
excellentes natures. L'un monté sur Rossinante,
l'autre assis sur le grison, et tous deux devisant avec
une incomparable grâce, ils se sont mis en route pour
explorer la Manche. Or, bien qu'espagnols et très
espagnols d'allures, de langage, d'esprit, ils sont
devenus citoyens du monde, de ce monde qu'ils par-
courent depuis tantôt trois siècles aussi jeunes que
le jour où ils ont reçu la vie, comme tous les fils du
génie.

J'insiste. Le plan général du *Don Quichotte*, l'en-
chaînement de ses amusantes aventures, sont de
véritables phénomènes d'imagination, et d'imagination créatrice. Pour tous ceux qui ont lu le livre,
aucun des cent personnages qui se groupent succes-
sivement autour des deux principaux héros ne sont
des êtres fictifs, ni même des êtres d'un autre temps.

Il suffit de prononcer leur nom pour les voir agir ou les entendre parler. Le duc, la duchesse, Ginès de Passamont, la servante Maritorne, le petit berger Andrès, le curé, le bachelier Carrasco, la duègne Doloride, l'espiègle Altisidore, don Diégo, la princesse Micomina, et j'en passe, tous sont de chair et d'os, tiennent à l'humanité par un de ses côtés. Tous vivent, et, je ne crains pas de le répéter, suivent à travers les âges don Quichotte à la fois fou et sage, et Sancho dont la sottise naïve est doublée d'un si inflexible bon sens pratique. Puis, le fait vaut aussi la peine d'être remarqué, ce ne sont pas seulement les personnages qu'il leur présente que Cervantès imprime d'une façon indélébile dans l'esprit de ceux qui le lisent, ce sont les lieux qu'il décrit, c'est la Manche aux plaines interminables et baignées de soleil, ce sont les solitudes abruptes de la Sierra-Morena, c'est l'intérieur paisible du logis de don Diégo.

Cervantès, citant un dicton qui affirme que les secondes parties des œuvres littéraires n'ont jamais été bonnes, s'excuse d'en avoir ajouté une à son *Don Quichotte*. Ici, le dicton se trouve en défaut, car la seconde partie de l'histoire du vaillant chevalier est, de l'avis général, supérieure à la première. L'auteur s'y montre plus inventif, plus vigoureux, plus fécond en pensés fines, plus scrupuleux, et son style y apparaît plus soigné, plus achevé. Durant les dix années qui s'étaient écoulées depuis la publication du premier volume, le génie de l'auteur avait grandi, mûri, aussi bien que sa connaissance de la nature humaine, pour les faiblesses de laquelle il a plus que jamais des trésors d'indulgence. Les tristes

côtés de notre être ne le font ni maudire, ni se révol-
ter, ni pleurer ; il en sourit, il s'en moque avec une
gaieté communicative ; il s'apitoie, il conseille, il
blâme, mais n'anathémise jamais. Lui qui eut tant
à se plaindre des rigueurs de l'existence, il la trouve
bonne, enviable même et, philosophe aimable,
reconnaissant, il rend sans cesse grâces à Celui qui
la donne, c'est-à-dire au grand Être qui la prête
pour un temps que lui seul mesure, pour des fins
que lui seul connaît.

XXIV

L'AUTEUR DANS SON ŒUVRE.

Nous avons refusé à Cervantès toute idée politique anticipée, toute idée de réformes sociales ou religieuses, toute intention de révolte contre les institutions de son époque, tout regard intentionnellement jeté vers la nôtre. Mais il est certain, bien que dans aucun passage de son roman il ne révèle ce dessein, que d'un bout à l'autre il met en opposition, comme le fait existe dans la réalité, l'âme et le corps, l'esprit et la matière, la poésie et la prose, l'idéal et le terre à terre, incarnés, les premiers dans don Quichotte, les seconds dans le rustique écuyer Sancho. Ils sont inséparables et en même temps en perpétuelle contradiction ces deux héros, ces deux moitiés si dissemblables qui forment un tout contradictoire, et Cervantès les aime à ce point qu'il les place sans cesse sur le devant de la scène, les caresse et les choie. Il les sent vivre, et, s'il les tient pour ses fils, il les tient aussi pour ses amis. Don Quichotte, qui devait être d'abord la parodie des Amadis, c'est-à-dire un fou extravagant, ridicule, devient vite un être à part. De ceux qu'il veut imiter, le brave chevalier a le courage, la hauteur de pensées, la délicatesse, la charité, l'inflexible pureté de mœurs. Il aime et vante tout ce qui est noble, tout ce qui est bon ; il est invariablement du parti de ceux qui souffrent, de ceux qu'on opprime, de ceux que le sort accable, que la fortune dédaigne, en un mot de ceux qui sont malheureux. Et cela non seulement en paroles, mais en action. Sa vie ne lui appartient pour ainsi dire pas, elle est, en permanence, au service des autres. C'est l'âme, avec ses nobles aspirations, mais c'est aussi Cervantès lui-même qui se retrouve dans don Quichotte, car ce que pense, ce qu'exécute son héros, il l'a dit et exécuté dans mainte occasion, sous d'autres formes. Pour nous en convaincre, rappelons-nous sa conduite dans le bagne d'Alger, où dix fois il assuma, sachant qu'il y allait de sa vie, la responsabilité entière des évasions qu'il projetait, dont il voulait faire profiter ses compagnons.

On devrait, en toute justice, rire à gorge déployée des insignes folies de don Quichotte, et on en rit en effet. Toutefois, qu'on le veuille ou non, derrière cette moquerie naît et se cache une émotion profonde. On sent pour le pauvre chevalier, Ticknor l'a remarqué avant moi, la même sympathie, la même estime, le même attachement sincère qu'ont pour lui son curé, son barbier, sa nièce et sa gouvernante. Il est bon, et c'est toujours en défendant une cause juste, ou que sa folie lui montre telle, qu'il est ou maltraité ou vaincu. Dupe non des enchanteurs, mais d'une magicienne non moins redoutable, c'est-à-dire de son imagination, nous voyons en don Quichotte un frère. Malheur, a-t-on dit, malheur à celui que l'injustice n'a jamais révolté, à celui qui n'a jamais songé à se battre contre des moulins à vent !

Sancho, avec ses besoins grossiers, ses défauts
qui tiennent à son manque de savoir et d'éducation,
devient, autre phénomène, aussi sympathique que
son maître, dont il est précisément l'opposé, l'anti-
thèse. Egoïste, l'écuyer pratique et proclame le chacun pour soi. Lorsque l'imagination de don Quichotte prend son vol, il lui empoigne brutalement
l'aile, veut la retenir à terre, la maintenir dans la
vulgarité de la vie courante, l'écrase sous un des
proverbes frappés au bon coin qui forment le fond
de sa conversation, qui sont toute sa science. Il est
l'homme primitif, et don Quichotte est l'homme cul-
tivé. Toutefois le maître, avec sa folie généreuse,
soulève souvent la masse pesante de son serviteur,
l'entraîne, lui communique sa chaleur, ses aspirations, ses rêves. L'âme commande et le corps obéit;
plus encore, il en arrive à partager les illusions de
celle qu'il combat ou qu'il gêne, il croit à leur vérité.

Cervantès, à n'en pas douter, s'est montré dans
son roman, et cela plus que tout autre homme de
génie, l'écrivain de tous les pays, de tous les temps,
de tous les âges ; il est à la portée des esprits les
plus humbles, et ravit les esprits les plus élevés. Il
est, avec notre Molière, le seul auteur qui soit réellement populaire en tout pays, qui soit l'ami de tout
homme qui sait lire. Et, chose étrange, véritable
phénomène, en même temps il est espagnol, foncliè-
rement espagnol de cœur, d'esprit, de langage, de
mœurs, de croyance, et tous les traits particuliers du
caractère de sa nation sont fortement accusés dans
son immortelle fiction, pourtant acclimatée partout.

Le *Don Quichotte*, au point de vue littéraire, est-il

sans défauts? Hélas ! il n'y a pas d'œuvres, parmi
celles qui sont sorties de l'esprit ou de la main des
hommes, qui soient sans défauts. Cervantès écrivait rapidement et, chez lui, les négligences abondent, souvent inexplicables, car il en arrive jusqu'à
se contredire. On s'est plu, ce qui est naturel, à l'é-
plucher dans son style, dans son plan, dans ses pensées, et on a trouvé ici des faiblesses, là des incor-
rections, puis des incohérences, des anachronismes.
On a fait remarquer, par exemple, qu'un épisode
commence le matin, et que l'inconséquent auteur,
oubliant ce qu'il vient d'écrire, parle du soleil couché.
Sancho, dont l'âne a été volé, se retrouve, au chapitre suivant, assis sur le grison sans que l'on sache
ni comment ni à quelle heure l'animal lui a été res-
titué. Tout cela est vrai, tout cela est juste, et Cervantès — faute avouée est à demi pardonnée — s'en
excuse lui-même avec bonne humeur, rectifiant, dans
la seconde partie de son œuvre, quelques-uns des
points critiqués. Néanmoins *Don Quichotte* reste,
même pour les juges les plus sévères, la fiction ro-
mantique la plus parfaite des temps modernes, et
les taches que je viens de signaler passent inaper-
çues, ou ne valent au coupable qu'un sourire de plus,
comme une des malices décochées par Sancho.

Nous avons accepté les critiques, écoutons maintenant les éloges, ou, mieux dit, rendons justice à
l'immortel écrivain. Il est, dans son style, savant,
profond, maître absolu de la belle langue dont il se
sert, à laquelle il fait dire plus que personne ne
l'avait fait avant lui, tant ses pensées sont fines,
ingénieuses, claires. Lorsqu'il veut être correct, il

l'est jusqu'au scrupule, et, toujours simple, aisé, naturel, abondant, il atteint à la plus haute éloquence. Il relisait mal ses épreuves d'imprimerie ; mais il travaillait ses phrases et, sans effort, trouvait de nouvelles et heureuses alliances de mots. Si ses compatriotes le placent au second rang comme poète, ils le tiennent pour le premier de leurs prosateurs, et il mérite cet honneur.

Pour rendre à Cervantès toute la justice qui lui est due, pour lui rendre l'hommage qui lui eût été le plus agréable, et comprendre et goûter le *Don Quichotte*, a écrit Ticknor, il faut nous souvenir, en lisant ce délicieux roman, qu'il ne fut pas le fruit de la jeunesse de l'écrivain, de l'âge des doux sentiments. Il ne fut pas composé à l'âge des idées riantes, à l'heure où son auteur pouvait croire à l'avenir, et concevoir de hautes espérances. Non ; ce livre, d'une bonne humeur si constante, avec ses brillantes peintures du monde, sa prédilection pour la bonté et la vertu, a été écrit dans un âge avancé, à la fin d'une vie dont presque toutes les étapes avaient été marquées par des déceptions, des luttes décourageantes, des événements douloureux. En un mot, il « avait été conçu dans une prison où tous les ennuis se donnent rendez-vous, où ne pénètrent que de tristes bruits, alors que le loisir, une retraite agréable, la paix des champs, la sérénité du ciel, le murmure des fontaines, la tranquillité de l'âme, sont des conditions nécessaires aux Muses pour rendre féconds les esprits les plus stériles, et leur permettre d'enfanter des œuvres assez belles pour égayer le monde et l'émerveiller. » Cervantès prouva le contraire, puisque son ouvrage, commencé pendant l'une des injustes détentions qu'il eut à subir, fut terminé à l'heure où la mort faisait déjà sentir à l'écrivain ses lugubres approches, alors qu'il n'avait plus rien à espérer de la vie.

XXV

DERNIÈRES ŒUVRES ET DERNIERS JOURS DE CERVANTÈS.

Ce fut, on s'en souvient, vers la fin de 1615 que parut la *Seconde partie du Don Quichotte*. Dans la dédicace au comte de Lémos qu'il plaça en tête du volume, Cervantès fait allusion à sa santé. Il avait alors soixante-huit ans ; il souffrait d'une hydropisie que son médecin désespérait de guérir ; aussi le fit-il sortir de Madrid. Cervantès se rendit à Esquivias où sa femme avait des parents, et possédait, paraît-il, une petite ferme. Avant de se mettre en route, le malade, déjà affilié au Tiers-Ordre de Saint-François, s'en fit nommer membre, usage assez fréquent à cette époque de foi profonde, lorsque l'on se sentait atteint par une maladie grave. Mais revenons sur la dédicace au comte de Lémos ; elle est de nature à nous intéresser.

« Ces jours passés, en envoyant à Votre Excellence mes comédies, imprimées avant d'être représentées, je vous ai dit, si je me souviens bien, que don Quichotte attachait ses éperons pour aller vous baiser les mains. Aujourd'hui je vous annonce que ses éperons sont attachés, qu'il s'est mis en route ; s'il vous rejoint, il me semble que j'aurai rendu service à Votre Excellence, car on me le demande avec empressement de tous côtés, comme pour se débarrasser de la nausée qu'a produite l'autre don Quichotte, celui qui, sous le couvert d'Avellaneda, s'est déguisé et a couru le monde.

« La personne qui a manifesté le plus vivement son désir de posséder le vrai don Quichotte est le grand empereur de la Chine. Il y a un mois, il m'a écrit par un exprès une lettre en langue *chinesque*, me demandant, ou, mieux dit, me suppliant de lui envoyer mon héros, parce qu'il avait l'intention de fonder un collège où la langue espagnole serait lue, et qu'il voulait que le livre qui servirait à ces lectures fût l'histoire de don Quichotte. En même temps, il m'offrait d'être le recteur dudit collège.

« Je demandai au porteur de la lettre si Sa Majesté lui avait remis pour moi quelque gratification, et il me répondit qu'elle n'y avait jamais songé.—Frère, lui dis-je alors, vous pouvez, quand il vous plaira, retourner dans votre Chine, car je ne possède pas la santé nécessaire pour entreprendre un aussi long voyage, et, outre mon mal, je suis sans argent. Or, empereur pour empereur, monarque pour monarque, j'ai à Naples le grand comte de Lémos qui, sans tant de titres de collège ou de recteur, me soutient, m'aide, me fait plus de bien que je n'en peux désirer. Là-dessus, je le congédiai, et je prends du même coup congé de Votre Excellence, en lui annonçant *Les travaux de Persilès et Sigismonde*, livre que je terminerai d'ici à quatre mois, — si Dieu le veut — et qui sera le plus mauvais ou le meilleur qui ait été composé dans notre langue, je veux dire de ceux de récréation. Mais je me repens d'avoir dit le plus mauvais ; car, d'après l'opinion de mes amis, il atteindra les plus hauts sommets du bon.

« Vienne donc Votre Excellence avec la meilleure santé que l'on puisse désirer, et *Persilès* sera prêt à vous baiser les pieds et les mains. »

Cette pièce est curieuse à plus d'un titre. Est-elle, tout d'abord, une demande de secours ? Non, répondent les commentateurs, car ce n'est pas en tête d'un livre que Cervantès l'aurait placée, et nous sommes de leur avis. Est-elle une nouvelle occasion d'accabler l'auteur du faux Don Quichotte ? Non encore,

c'est dans le livre même, nous l'avons vu, que Cer-
antès a répondu à son calomniateur.

Alors que signifie l'allusion à l'empereur de la
Chine ? Elle n'est rien moins, au dire d'un biographe
d'imagination, qu'une plainte voilée de Cervantès
contre l'indifférence avec laquelle la première partie
de son œuvre aurait été accueillie en Espagne, alors
qu'elle était applaudie dans toute l'Europe. Nous
avons vu le mal fondé de cette assertion ; néanmoins
elle a cours en Espagne, où, du reste, l'anecdote
suivante est souvent citée. Cette anecdote a pour
auteur le licencié Francisco Marquez Torrès, chapelain du cardinal archevêque de Tolède, et censeur de
la seconde partie du *Don Quichotte*.

« Etant allé, dit le licencié, en compagnie de Monseigneur,
rendre visite à l'ambassadeur de France, plusieurs gentilshommes de savoir et amis des belles-lettres s'approchèrent
de moi pour me demander quels livres on publiait en ce
moment en Espagne, et je leur parlai de celui que j'exami-
nais, c'est-à-dire de la seconde partie du *Don Quichotte*. A
peine eus-je nommé Cervantès qu'ils se répandirent en
éloges sur lui, se mirent à parler de la renommée dont il
jouissait en France et dans les royaumes voisins, à dire en
quelle estime on tenait ses œuvres, entre autres la *Galatée*
dont tous savaient des passages de mémoire. Ils se montrèrent si grands admirateurs de notre compatriote que je
leur offris de le leur faire connaître, ce qu'ils acceptèrent
avec empressement, m'interrogeant sur son âge, sur sa profession, sur ses qualités, sur sa fortune. Je fus bien forcé
de leur dire qu'il était vieux, soldat, gentilhomme et
pauvre. — Comment, s'écria l'un d'eux, l'Espagne ne l'a-
t-elle pas encore enrichi et ne le soutient-elle pas ? — Si la
nécessité l'oblige à écrire, répondit un autre, plaise à Dieu
qu'il ne soit jamais riche afin que, par ses œuvres, ce pauvre
enrichisse le monde. »

L'anecdote est jolie, et tout à l'honneur de notre

nation. Aussi, ayant beaucoup pour mon pays du
faible que Cervantès avait pour le sien, j'ai pris plaisir à la rapporter.

La seconde partie du *Don Quichotte* n'est pas le dernier ouvrage de Cervantès, puisque, dans son épître
au comte de Lémos, datée du 31 octobre de l'année
1616, nous le voyons annoncer la prochaine publication de *Persilès et Sigismonde*. En outre, à l'occasion
d'un concours de poésie, il mit au jour un petit
poème sur les *Divines extases de sainte Thérèse*, laquelle
venait d'être béatifiée. Lope de Vega fut un des juges
de ce concours, et Fray Diego de San José, le rap-
porteur, dit que les vers de Cervantès furent classés
parmi les meilleurs, sans indiquer si le vieil athlète
remporta le prix.

La santé de Cervantès continuait à décliner, et,
n'ayant pas trouvé le soulagement qu'il espérait de
son séjour à Esquivias, il revint à Madrid escorté par
deux de ses amis. Il souffrait beaucoup, et ne se
faisait plus d'illusion sur sa fin prochaine. Il travaillait, cependant, aux heures où ses douleurs, s'apaisant un peu, le laissaient respirer. Dans son court
voyage d'Esquivias à Madrid, il fit une rencontre qui
lui fournit la matière de la préface qu'il se proposait
de placer en tête de son *Persilès*, et nous trouvons là
les seuls renseignements que l'on possède sur sa
maladie. Je vais traduire cette préface, écrite très
peu de jours avant sa mort, et qui prouve que rien
ne put altérer ni sa sérénité d'esprit, ni sa bonne
humeur résignée.

« Il advint, cher lecteur, que deux de mes amis et moi,

10.

sortant d'Esquivias, lieu fameux à tant de titres pour ses
grands hommes et pour ses vins, nous entendîmes derrière
nous quelqu'un qui trottait en grande hâte, comme pour
nous atteindre, ce qu'il prouva bientôt en nous criant de
ne pas aller si vite. Nous l'attendîmes, et voilà que survient,
monté sur une bourrique, un étudiant tout gris, car il était
vêtu, de la tête aux pieds, d'habits de cette couleur. Il avait
des guêtres, des souliers ronds, une longue rapière et un
rabat sale attaché par deux bouts de fil. Il est vrai que cela
n'en allait pas mieux, car le rabat tournait de côté à tout
moment, et son propriétaire se donnait beaucoup de peine
pour le rajuster. Arrivé près de nous, il s'écria : — Si j'en
juge au train dont elles trottent, Vos Seigneuries s'en vont,
ni plus ni moins, prendre possession de quelque charge
ou d'une bonne prébende à la cour, où résident en ce
moment Son Eminence de Tolède et Sa Majesté. En vérité,
je ne croyais pas que ma bête eût sa pareille pour voyager.
Sur quoi un de mes amis répondit : — La faute en est au
roussin du seigneur Michel Cervantès, qui allonge le pas.
A peine l'étudiant eut-il entendu mon nom qu'il sauta brusquement à bas de sa monture, laissant tomber d'un côté
son coussinet, de l'autre son porte-manteau, car il voyageait avec tout cet appareil. Puis il m'accrocha et, me
saisissant le bras gauche, il s'écria : — Oui, oui, c'est bien
lui, ce glorieux manchot, ce fameux *tout*, cet auteur si gai,
ce consolateur des Muses...

 « Moi, qui en si peu de mots m'entendais louer si galam-
ment, je crus que ce serait manquer à la courtoisie que de
ne pas lui répondre du même ton. Le prenant donc par le
col pour l'embrasser, j'achevai d'arracher son rabat, et je
lui dis : — Vous êtes dans l'erreur, monsieur, comme beaucoup d'autres honnêtes gens. Je suis bien Cervantès, mais
non pas le consolateur des Muses, et je ne mérite aucun
des noms aimables que Votre Seigneurie veut bien me donner. Tâchez de rattraper votre bête et achevons, en causant,
le bout de chemin qui nous reste à faire.

 « On vint à parler de ma maladie, et le bon étudiant me
désespéra en me disant : C'est une hydropisie, et toute l'eau
de la mer océane ne la guérirait pas, quand vous la boiriez
goutte à goutte. Ah ! seigneur Cervantès, que Votre Seigneurie s'observe sur le boire sans oublier le manger, et elle

guérira sans autre remède. — Oui, répondis-je, on me l'a dit bien des fois ; mais je ne puis renoncer à boire quand l'envie m'en prend, et il me semble alors que je ne suis né pour faire autre chose de ma vie. Je m'en vais tout doucement, mon pouls m'en avertit. S'il faut l'en croire, c'est dimanche que je quitterai ce monde. Vous êtes venu bien mal à propos pour faire ma connaissance, car il me reste peu de temps pour vous remercier de l'intérêt que vous me portez...

« Nous en étions là quand nous arrivâmes au pont de Tolède, je le passai, et lui prit par le pont de Ségovie. Je l'embrassait il m'offrit ses services, puis il piqua son âne et continua sa route, chevauchant gaillardement, tandis qu'il me laissait tout triste et mal disposé à profiter de l'occasion qu'il m'avait donné d'écrire des plaisanteries. Adieu, mes joyeux amis, je désire vous voir bientôt tous contents, dans l'autre vie ! »

Le 17 avril 1616, Cervantès renouvela ses adieux à ses amis, et le fit avec un calme qu'ils ne purent se défendre d'admirer. Le 18, il reçut l'extrême-onction. La sérénité de son âme, en face de la mort, ne se démentait pas ; comme aux jours de sa jeunesse, il écoutait ses menaces avec sang-froid, avec intrépidité même, s'appuyant sur sa foi profonde. Il conservait toute son intelligence, tout son vif esprit, toute son imagination souriante et féconde. Il avait compté revoir son bienfaiteur, le comte de Lémos, et désirait lui témoigner de vive voix sa gratitude. Il sentit qu'il ne pourrait vivre jusqu'au moment où le comte serait revenu d'Italie, et, le 18 avril, ne pouvant plus écrire, il dictait la touchante préface par laquelle il lui dédie, comme un dernier hommage de sa reconnaissance, son roman de *Persilès et Sigismonde*, dédicace que devraient lire, a dit avec raison un érudit espagnol, tous les grands et tous les littérateurs du monde, afin d'apprendre les uns à se montrer généreux, les autres à être reconnaissants.

Voici donc le dernier écrit de Cervantès ; dans cette page, le pauvre auteur, en échange du bien qui lui a été fait, assure à son Mécène l'immortalité :

« L'ancienne romance, si célèbre dans son temps et qui commence par: *Le pied à l'étrier...* me revient tout naturellement à la mémoire, hélas! en écrivant cette lettre, car je puis la commencer à peu près dans les mêmes termes:
« *Le pied à l'étrier, en mortelle agonie, seigneur, je t'écris ce billet.*

« Hier on me donna l'extrême-onction, aujourd'hui je vous écris. Le temps presse ; l'agonie approche, l'espoir diminue, et avec tout cela je vis parce que je veux vivre assez longtemps pour baiser les pieds de Votre Excellence, et peut-être que la joie de la revoir en bonne santé, de retour en Espagne, me rendrait à la vie. Mais s'il est décrété que je doive mourir, la volonté du ciel s'accomplisse.

« Que du moins Votre Excellence connaisse mes vœux ; qu'elle sache qu'elle perd en moi un serviteur dévoué qui aurait voulu lui prouver son attachement même au delà de la mort. Cependant, comme en prophétie, je me réjouis de l'arrivée de Votre Excellence. Je vois le peuple saluant votre retour avec joie. Je vois s'accomplir les espérances que m'avait fait concevoir la renommée de vos bontés. J'ai encore sur la conscience quelques fragments des *Semaines du jardin* et du *Grand Bernard*. Si par aventure, ou plutôt par miracle, le ciel me donne la vie, Votre Excellence verra ces ouvrages avec la fin de la *Galatée*, à laquelle je sais que Votre Excellence s'intéresse.

« Sur quoi je prie Dieu de conserver Votre Excellence, comme il le peut.

« Madrid, 19 avril 1616. »

Le vœu de Cervantès ne fut pas exaucé, il ne revit
pas le comte de Lémos. Après la lettre que nous
venons de citer, le malade dicta son testament. Il
nomma sa femme doña Catalina et l'un de ses voisins,
le licencié Francisco Nuñez, ses exécuteurs testamentaires. Il demanda à être enterré dans l'église des religieuses de la Trinité, ordre pour lequel il avait une
prédilection, et dans lequel avait professé sa fille
Isabelle, née avant qu'il eût connu doña Catalina.
Après avoir réglé ces choses, et ordonné des prières
pour le repos de son âme, il expira le 23 avril 1616,
le jour même où, d'après les conjectures les plus pro-
bables, Shakespeare mourait en Angleterre.

XXVI

CONCLUSION.

Le roman *Persilès et Sigismonde*, dernière œuvre de la plume de Cervantès et que je passerais volontiers sous silence si je n'étais historien, fut publié par la veuve du grand écrivain en 1617. Que dire de ce livre que nul ne lit plus, qui a tous les défauts que l'on peut reprocher à Cervantès, et aucune de ses grandes qualités ? Le style lui-même a perdu sa grâce légère ; puis, dans la suite d'invraisemblables aventures amoncelées par l'auteur, aventures que viennent encore alanguir d'interminables épisodes jetés comme au hasard, rien qui captive, rien même qui intéresse. A quoi bon insister ? Mieux vaut oublier.

Outre les œuvres que j'ai analysées ou mentionnées, Cervantès, infatigable, avait promis, lors de la publication en 1613 des *Semaines du jardin*, la seconde partie de *Galatée* pour l'année 1615. Dans la préface de *Persilès*, il annonce le *Grand Bernard* et une comédie : *L'erreur des yeux*. Il ne reste que les titres de ces œuvres projetées ; car doña Catalina, si elle en eût trouvé les manuscrits dans les papiers de son mari, n'eût pas manqué de les publier.

Navarrete, membre de l'Académie espagnole, a écrit une *Vie de Cervantès* qui est la plus complète et la plus estimée de toutes celles qui ont été composées. Bien qu'elle date un peu, elle est encore bonne à lire. Empruntons au savant académicien un résumé des traits principaux du caractère de Cervantès. Navarrete peut être considéré comme le porte-parole de ses compatriotes.

« Tel est, dit-il en terminant son livre, l'histoire de la vie et des écrits de Cervantès, de ce célèbre Espagnol qui, après avoir versé son sang en servant sa patrie avec intrépidité à la guerre, et l'avoir illustrée dans la paix par des œuvres aussi sages qu'utiles et agréables, puis avoir laissé aux hommes tant d'exemples de vertus par sa vie privée, termina ses jours avec la tranquillité sereine qu'inspirent la religion et la philosophie chrétienne ; semblable au soleil qui, après avoir fécondé et consolé l'univers par son éclat, descend majestueux vers l'horizon, et paraît plus grand dans les lueurs du soir d'un beau jour. Si les mesquines passions de ses contemporains empêchèrent pendant quelque temps que l'on rendît à son mérite les honneurs qui lui étaient dus, ces nuages épais de l'ignorance ont disparu, et la postérité, incorruptible et impartiale, a vu la renommée emporter sur ses ailes, partout où règnent la civilisation et l'amour des lettres, le nom de Cervantès, afin que, partout honoré et applaudi, on contemple celui qui l'a porté comme un de ces génies privilégiés que le ciel concède de temps à autre aux hommes, pour les consoler de leurs petitesses et de leurs misères.

J'ai conservé, à dessein, un peu de la forme pompeuse de ce document, pompe naturelle chez les Espagnols, et à laquelle Cervantès n'a pas toujours échappé. Mais si la France, l'Angleterre, l'Italie, l'Allemagne le disent autrement, elles pensent comme l'Espagne sur Cervantès.

Qu'ont fait les Espagnols pour honorer leur grand écrivain ? C'est très tard, qui le croirait ? qu'ils se sont

mis en quête pour découvrir sa tombe. Sur la foi
d'une fausse indication, on la chercha longtemps
dans la rue de l'*Humilladero*. A la fin, on découvrit
que les religieuses de la Trinité avaient plusieurs
fois changé de résidence, et qu'elles firent transpor-
ter les restes de leurs anciennes compagnes, ainsi que
ceux de leurs parents ou des particuliers qui repo-.
saient près d'elles rue de Canteranas, où s'établit
leur couvent. La dépouille mortelle de Cervantès
eut ce sort; elle ne paraît pas, du reste, avoir jamais
été enfermée dans un tombeau. Les cendres de
l'auteur de *Don Quichotte* ne seront donc jamais
retrouvées ! Je me tais : où sont celles de Molière ?

C'est presque de nos jours — la date précise est
1835 — que l'Espagne songea enfin à consacrer la
mémoire, la gloire et le génie du plus illustre de
ses fils par un monument. Il habitait, à l'heure de
sa mort, une maison située à l'encoignure de la
rue du *Leon* et de celle de *Franco*, qui porte aujour-
d'hui son nom. Cette maison fut démolie en 1833,
et le roi Ferdinand VII voulut, sans se faire connaître, acheter ce terrain pour y construire une
espèce d'Athénée. Le propriétaire refusa avec obstination de vendre son bien, et permit seulement
qu'on scellât, sur la façade de la demeure qu'il fit
bâtir, un médaillon de Cervantès exécuté sur l'ordre
du roi et à ses frais, par don Esteban de Agreda,
directeur de l'académie des Beaux-Arts. Au-dessus du
médaillon une inscription dit : *Ici vécut et mourut
Michel Cervantès Saavedra, dont le monde admire le
génie ; décédé en* 1616. Ce fut là le premier honneur
public accordé à l'auteur du *Don Quichotte.*

Le roi Ferdinand désira faire plus, et il commanda au sculpteur Antonio Sola, directeur de l'école espagnole de peinture et sculpture à Rome, une statue qui devait être érigée sur la place de Santa Catalina, aujourd'hui place des Cortès. Ce ne fut que deux ans après la mort du roi que cette statue fut terminée. Elle est de bronze, plus grande que nature. Cervantès est représenté debout, en habit de cavalier, maillot, culotte courte et bouffante, un manuscrit dans la main droite ; la gauche, appuyée sur le pommeau de l'épée, est cachée par le manteau court. On a, d'après Mérimée, admiré cet artifice que Cervantès n'eût certainement pas approuvé, lui qui, loin de la dissimuler, tirait gloire de sa glorieuse mutilation. Sur le socle qui porte l'image, et dont les proportions sont mal calculées, on lit :

MICHAELI DE CERVANTES

SAAVEDRA

HISPANIÆ SCRIPTORUM

PRINCIPI

ANNO

MDCCCXXXV.

Sur les côtés du piédestal, deux bas-reliefs représentent, l'un la première sortie de don Quichotte, le second l'aventure des Lions.

Outre son génie, — je veux le répéter comme dernier mot — Cervantès fut, par l'ensemble de ses qualités morales, un des hommes qui font honneur à l'homme. S'il pouvait l'entendre, c'est encore là, je l'affirme, moi qui, en le traduisant, ai si longtemps vécu dans l'intimité de son cœur et de son esprit, l'éloge qui lui plairait le plus.

TABLE DES MATIÈRES

TABLE DES GRAVURES

POITIERS. — TYPOGRAPHIE OUDIN ET Cⁱᵉ.

29 Janvier 40